호감받고 성공더!

호감 받고 성공 더! ㅁ

인기영 장편소설

초판 1쇄 찍은 날 § 2017년 11월 27일
초판 1쇄 펴낸 날 § 2017년 12월 4일

지은이 § 인기영
펴낸이 § 서경석

편집책임 § 김경민
편집 § 이종식

펴낸곳 § 도서출판 청어람
등록번호 § 제387-1999-000006호
등록일자 § 1999. 5. 31
어람번호 § 제1-2807호

주소 § 경기도 부천시 부일로 483번길 40 서경B/D 3F (우) 14640
전화 § 032-656-4452 팩스 § 032-656-4453
http://www.chungeoram.com
E-mail § chungeorambook@daum.net

FUSION FANTASTIC STORY

인기영 장편소설

오감 받고
성공 더!

9

86/1

Contents

Liking 78

휴가 중에 생긴 일II

이하늘은 지금껏 단 한 번도 느끼지 못했던 신선한 충격을 맛보았다.

사람의 얼굴이 저렇게도 완벽하게 아름다울 수 있다는 걸 처음 알았다.

붉은 노을에 물든 김두찬의 얼굴은 그야말로 형언 불가한 묘한 매력을 뿜어내고 있었다.

잠시 넋을 놓고 있던 이하늘의 귀로 정미연의 음성이 꽂혔다.

"기자님? 사진 찍으셔야죠."

"아… 네! 그럼, 찍을게요. 하나, 둘, 셋."

찰칵!

이하늘은 무슨 정신으로 사진을 찍었는지도 모르고서 다시 멍해졌다.

김두찬은 서둘러 마스크와 선글라스로 얼굴을 감췄다.

그리고 이하늘에게 작별 인사를 건넸다.

"기자님. 즐거웠어요. 그럼 기사 잘 부탁드릴게요."

"저두요~! 안농!"

"수고하세요."

류정아와 정미연도 마지막 인사를 보낸 뒤 세 사람은 이하늘에게서 멀어져 갔다.

그들이 한참 떨어졌을 때, 이하늘은 스마트폰에 저장된 사진으로 시선을 돌렸다.

사진에 담긴 두 여인의 얼굴도 아름다웠지만 김두찬은 아름답다는 말로는 표현할 수 없는, 그 이상의 무언가가 있었다.

김두찬의 미모에 푹 빠진 이하늘은 그 자리에서 움직이지 못하고서 한참 동안 사진만 바라봤다.

그러다가.

"…어?"

문득 김두찬의 얼굴이 낯설지 않다는 걸 알게 됐다.

"혹시… 김두찬 작가님……?"

그녀가 김두찬을 알게 된 건 최근이었다.

장르 소설에 크게 관심이 없던 그녀는 주변에서 하도 김두찬의 책을 권해서 몽중인을 접한 뒤, 한 달 만에 그의 모든 책을 전부 독파해 버렸다.

그러다 보니 자연스레 김두찬의 얼굴도 알게 되었다.

그런데 영상이나 사진으로 접한 것과 실물의 갭은 너무나 컸다.

도저히 사람이라고 볼 수 없는 거대한 아우라가 마구 일어서 정신을 차릴 수가 없었다.

때문에 김두찬을 보고서도 알아보지 못했던 것이다.

한데 사진으로 보니 비로소 그가 김두찬임을 알 수 있었다.

'그럼 이 옆에 분은… 스타일리스트 정미연?'

김두찬을 알아보고 나니 정미연의 얼굴도 제대로 눈에 들어왔다.

정미연은 김두찬보다 매스컴을 적게 탔고 오늘은 워낙 수수하게 하고 있어서 못 알아보는 게 어쩌면 당연했다.

그런데 의외의 인물이 한 명 더 있었다.

'잠깐만… 이 사람은… 태권여제 류정아 아니야?'

요즘에는 활동이 뜸하지만 몇 달 전까지만 해도 여러 CF에 등장하며 뭇 사내들의 심금을 울렸던 이가 바로 류정아였다.

'말도 안 돼……'

이하늘은 다리에 힘이 풀려 벤치에 주저앉았다.

아무것도 모르고 찍었던 사진 한 장에 엄청난 사람들이 담겨 있었다.

이하늘의 시선이 세 사람이 떠나간 육림랜드의 정문으로 향했다.

하지만 이미 그들의 모습은 사라지고 없었다.

'이거 정말이야?'

자신이 조금 전까지 인터뷰했던 사람들이 얼마나 대단한 이들이었는지를 깨닫고 난 다음엔, 이미 그들은 자리에 없었다.

이하늘은 마치 꿈을 꾼 것 같은 기분이 들었다.

어찌 되었든 오늘 그녀가 건진 사진과 인터뷰 내용은 내일 신문에 실리는 순간 엄청난 화젯거리가 될 건 기정사실이었다.

'이럴 때가 아니지.'

이하늘이 다시 정신을 차리고 빨리 사무실로 향했다.

졸지에 그녀는 특종 아닌 특종을 잡게 되었다.

*   *   *

김두찬과 정미연, 류정아는 함께 차를 주차해 놓았던 감자

탕집으로 돌아왔다.

정처 없이 걸어다니던 여행은 류정아가 합류하면서 끝났다.

둘만이었다면 모르겠으나 새로운 사람이 합류했는데 고생을 시킬 수는 없었기 때문이다.

셋은 주차해 둔 차를 타고 후평동으로 이동했다.

그리고 정미연이 추천하는 맛집인 공단 솥 칼국수집으로 들어섰다.

"어서오세요!"

식당 안에 들어서자마자 서글서글한 인상의 훈남 사장님이 큰 목소리로 인사를 건넸다.

"안녕하세요."

정미연이 사장님을 보고 마주 인사했다.

그러자 사장님이 알은체를 해왔다.

"또 오셨네요. 작년에 오고 거의 1년 만인 것 같은데요? 허허허허."

사장님은 대단히 개성 있는 웃음을 흘리며 편한 자리 아무 곳에나 앉으라 했다.

세 사람이 착석하자마자 정미연은 해물칼국수 2인분과 낙지삼합을 주문했다. 거기에 해물비빔칼국수까지 추가시켰다.

셋이 먹기엔 많아 보이는 양이었으나 김두찬과 정미연은 상당한 대식가였고, 운동량이 많은 류정아 역시 3인분은 너끈히 해치운다.

때문에 오히려 적은 감이 있었다.

주문을 마치자 잔반들과 맛보기 짜장밥이 먼저 나왔다.

본래 부모님이 중화반점으로 운영하던 건물을 아들인 지금의 사장님이 물려받아 칼국수집으로 업종 변경을 해 이어나가는 중이라서, 이런 맛보기 메뉴가 나오는 것이라고 정미연이 설명해 줬다.

식당에 대한 얘기가 짧게 오가고 나니 주문한 음식들이 하나둘 나오기 시작했다.

김두찬은 소주를 주문했다.

세 사람은 누구 하나 술을 빼지 않는 타입인지라 한 잔 두 잔 술이 들어가며 본격적인 이야기꽃이 피어났다.

"여기서 이렇게 만나게 될 줄은 생각도 못 했어요."

류정아가 정미연에게 반가움을 가득 담은 얼굴로 말했다.

벌써 저 얘기만 열 번은 넘게 하는 것 같았다.

"우리도 몰랐지, 뭐."

"혹시 두 사람 데이트에 방해되는 거 아니죠?"

정미연이 픽 웃으며 고개를 절레절레 저었다.

"고마워요, 언니. 둘은 이틀 더 있을 거라 그랬죠?"

"네."

"어차피 나 춘천에 있는 건 오늘까지만이고 내일은 또 다른 지역으로 갈 거거든. 그러니까 오늘만 같이 놀아요."

"좋죠. 자고로 술이라는 건 인원이 늘어날수록 더 맛있는 법이니까."

"역시 뭘 좀 아는 미연 언니~!"

류정아가 기뻐하며 잔을 들어 올렸다.

그에 김두찬과 정미연도 함께 잔을 들고 건배를 했다.

이후로 세 사람은 시간 가는 줄 모르고 요리와 술을 즐겼다.

오늘따라 술도 달았지만 요리 역시 그 맛이 일품이었다.

정미연이 왜 일행들을 이곳으로 안내했는지 충분히 수긍이 갔다.

칼국수나 낙지삼합, 그리고 해물비빔칼국수까지, 다른 곳에서는 먹어본 적 없는 특별한 맛이었다.

테이블 위에는 빈 소주병이 빠르게 늘어났다.

요리들은 어느새 동이 났고, 정미연은 새로운 요리 두 개를 더 주문했다.

세 사람은 따끈하게 만들어진 요리와 함께 또다시 술을 들이켰다.

단 세 명이서 세 시간 동안 비운 소주병이 무려 서른 병이나 됐다.

한 시간에 열 병씩 해치운 셈이다.

그럼에도 심하게 취한 사람은 없었다.

그중에서도 가장 많이 마신 것이 김두찬이고 그다음이 정미연, 류정아 순이었다.

류정아는 초반엔 조금 페이스 조절을 하는가 싶더니 중반부부터 술을 물처럼 마셔대기 시작했다.

그런데 그 모습이 마냥 즐거워 보이지는 않았다.

김두찬도, 정미연도 밝게 웃는 류정아의 얼굴 속에 드리워진 그늘을 포착했다.

아무래도 무슨 일이 있는 것 같은데 먼저 물어볼 수는 없었다.

본인이 원한다면 먼저 말을 해줄 것이니 괜한 오지랖을 부리기는 싫었다.

그렇게 맛있는 요리와 함께한 술자리는 밤 10시 무렵이 되어서야 끝났다.

식당도 문을 닫을 시간을 넘겨 버린지라 세 사람은 자리를 옮겨 한잔 더 하기로 의기투합했다.

한데 딱히 갈 만한 곳이 없었다.

정미연이 알고 있는 춘천의 맛집들은 이 시간이면 대부분 문을 닫아버린다.

해서 펜션을 잡고 편하게 마시다가 잠을 자기로 의견을 모았다.

세 사람은 우선 근처 마트에 들러 장을 본 뒤 대리기사님을 불러 가까운 펜션 아무 곳이나 데려다 달라고 했다.

대리기사님은 서면에 있는 2층짜리 독채 펜션에 전화를 해 보고서 그곳으로 안내해 주었다.

하룻밤에 30만 원이나 하는 고가의 펜션이지만 2층 독채의 스케일을 생각하면 딱히 비싼 것도 아니었다.

김두찬은 즉석에서 돈을 지불하고 펜션에 입성했다.

펜션 앞마당에는 바비큐장이 마련되어 있었다.

내부로 들어서니 수영장이 딸린 넓은 홀과 잠을 잘 수 있는 2층 공간이 쾌적하기 그지없었다.

2층에는 방이 두 개나 있어서 세 사람이 하룻밤을 지내기엔 무리가 없었다.

그들은 밖으로 나와 숯불에 불을 일으켜 삼겹살을 구우면서 술 한잔을 더 나누었다.

결국 술이 과했는지 류정아는 비틀거리며 먼저 펜션으로 들어갔다.

김두찬이 그녀의 뒷모습을 바라보다가 머리 위로 시선을 옮겼다.

호감도는 100, 진심도는 7이었다.

오늘 만났을 때까지만 해도 그녀의 진심도는 3이었는데, 지금까지 꾸준히 1씩 올라 7까지 솟구친 것이다.

역시나 믿는 사람에게는 쉽게 마음을 여는 여인이었다.

"정아, 괜찮을까?"

정미연은 이번 술자리를 기회로 류정아와 말을 놓아버렸다.

류정아도 정미연을 언니라고 부르면서 편하게 말을 하는 관계가 되었다.

"괜찮겠지."

"근데 수심이 깊어 보이더라."

"응. 무슨 일이 있는 건지 말을 안 하니 물어볼 수도 없고."

"많이 걱정돼?"

정미연이 넌지시 김두찬에게 물었다.

"응? 아무래도… 모르는 사이가 아니니까."

그 말에 정미연이 김두찬의 뺨을 살짝 꼬집었다.

"이건 무슨 의미야?"

"류정아가 남자였으면 몰라도 다른 여자 필요 이상으로 걱정하지 마."

"아……."

김두찬은 정미연의 말을 대번에 알아들었다.

늘 쿨해 보이지만 그녀도 결국 여자였다.

정미연은 지금 류정아를 질투하고 있었다.

"사실 나, 이런 식으로 남자 친구에게 질투라는 감정 느껴 본 적 없는데… 이번이 처음이야. 질투나."

"왜 갑자기?"

"인간관계가 변하는 데에 일방통행은 없는 거 알지? 두찬 씨가 먼저 다가와 줘서 마음이 더 열린 거야. 이제야 비로소 나도 온전히 두찬 씨를 사랑할 수 있게 된 것 같아. 사실 따지고 보면 그래. 사랑에 쿨이라는 단어가 어떻게 어울려? 뜨거운 가슴으로 하는 거잖아."

정미연의 말에 김두찬이 공감했다.

"맞아."

"그래서 난 앞으로도 적당히 질투할 거야."

"나도 그럴 것 같은데. 아, 그런데 나는 호칭도 났잖아. 미연이라고 이름 부르는데, 왜 여전히 두찬 씨라고 해?"

"두찬 씨가 내 이름 편하게 부르는 건 상관없는데 나는 말을 놔도 이름 편히 부르기는 싫어."

"어째서?"

"내 남자, 내가 먼저 존중해 줘야 남도 존중하니까."

"아, 그럼 나도 다시 미연 씨라고……."

그러자 정미연이 손가락으로 김두찬의 입을 막았다.

그러고는 고개를 저으며 말했다.

"남자는 자기 여자를 존중하기보단 지켜줘. 소중한 보석처럼, 아껴줘."

그 말에 김두찬의 입가에 미소가 어렸다.

알아가면 알아갈수록 정미연은 정말 멋지고 아름다운 여자였다.

지금 이 순간, 김두찬은 그녀에게 또 한 번 반하고 말았다.

*　　　*　　　*

새벽이 다가오며 땅거미를 밀어내는 시각.

숙취 해소의 능력으로 개운하게 꿀잠을 잔 김두찬은 힘겹지 않게 눈을 떴다.

정미연은 아직 단잠에 빠져 있었다.

김두찬은 어제저녁, 잠들기 전에 그녀에게도 숙취 해소의 능력을 사용했다.

때문에 숙취는 없을 터였다.

걱정이 되는 건 류정아였다.

어제 상당히 많이 취한 것 같았는데 과연 오늘 상태가 괜찮을까 싶었다.

김두찬은 가볍게 세면을 하고 새벽 공기를 마시기 위해 밖으로 나왔다.

그런데.

"일찍 일어났네?"

"정아야."

먼저 밖에 나와 있던 류정아가 김두찬을 반겼다.

"너 괜찮아?"

류정아는 자기 가슴을 탕탕 두들겼다.

"멀쩡해. 어제 좀 많이 마시긴 했는데, 워낙 건강한 몸뚱이라 숙취가 없어."

"역시, 괜히 태권여제가 아니네. 근데 왜 이렇게 일찍 일어났어? 더 자지."

"이 시간에 일어나는 게 늘 버릇이 되는 바람에 눈이 저절로 떠져. 새벽 운동은 빼먹지 않고 하는 나니까!"

류정아가 손으로 브이(V) 자를 그려 척 내밀었다.

그 익살스러운 모습에 김두찬은 피식 웃어버렸다.

"그래서 운동은 끝난 거야?"

"응. 이제 들어가서 씻고 내 갈 길을 가야지. 미연 언니는 아직 자?"

"응."

"그래~ 어제는 정말 즐거웠고, 고마웠어. 그리고… 미안했어."

"뭐가?"

"으음… 내가 억지로 숨기려고 했지만 다들 알고 있는 눈치던데. 맞지?"

류정아가 뺨을 긁적이며 물었다.

김두찬은 굳이 부정하지 않고 고개를 주억거렸다.

"응. 뭔가 안 좋은 일이 있는 것 같았어."

"하아, 그래. 괜히 분위기에 재만 뿌린 거 아닌지 모르겠다."

"아니야. 즐거웠어."

"그럼 계속 즐거웠다는 사실만 기억해 줘! 나는 이제 그만 유령처럼 사라질 테니 커플끼리 즐거운 시간 가지라고!"

류정아는 김두찬이 뭐라고 대답할 새도 없이 펜션 안으로 들어갔다.

그 순간, 김두찬은 류정아에게 상상 공유를 시전했다.

그리고 그녀의 의식 안을 들여다봤다.

상상 공유가 끝난 뒤, 김두찬은 혀로 입안을 훑었다.

영 좋지 않은 것을 보게 되어 새벽부터 입안이 썼다.

김두찬이 그녀의 의식 안에서 본 것들을 머릿속으로 짧게 정리해 나갔다.

*   *   *

류정아는 지금 그녀의 아버지 류태원의 문제로 속을 앓고 있었다.

류태원은 류정아가 어렸을 때부터 태권도장을 운영해 온 관장이다.

태권여제의 아버지답게 애초에 싹이 달랐던 류태원은 젊은 나이에 사범 과정을 마치고 관장이 되어 자신의 도장을 이끌었다.

그를 거쳐간 제자들 중에는 국대로서 이름을 널리 알린 사람들도 많았다.

하지만 사람 농사가 가장 어려운 법이다.

명장 밑에서 언제나 훌륭한 병사가 나오는 건 아니었다.

류태원에게는 자신을 거쳐간 제자들 중 아픈 손가락이 하나 있었다.

그의 이름은 구자민.

중학교 시절 잠실 바닥에서 소문난 문제아로 소문이 자자할 만큼 꼴통인 인간이었다.

그런 그를 우연히 류태원이 보게 되었고 태권도의 길로 이끌었다.

처음에는 소문난 문제아인지도 몰랐다.

볼일이 있어 편의점으로 가다가 으슥한 골목 안에서 일대다로 싸우고 있는 구자민을 보게 된 것이 인연의 시작이었다.

구자민은 혼자서 네 명의 학생들을 너끈히 제압했다.

상황은 류태원이 말릴 새도 없이 순식간에 끝났다.

워낙에 압도적인 싸움이었다.

그렇다고 구자민과 맞붙은 다른 학생들이 상대적으로 덩치가 작은 것도 아니었다.

한데 구자민은 타고난 힘과 스피드, 반사 신경으로 일방적인 구타에 가깝게 싸움을 해나갔다.

이를 본 류태원은 구자민에게 다가가 태권도를 정식으로 배워볼 생각이 없느냐 물었다.

구자민의 타고난 육체적 자질이 탐났던 것이다.

당연히 구자민은 이를 거절했고, 이후로 류태원은 구자민에 대해 백방으로 알아보고 다녔다.

그러다 그가 잠실에서 악명이 자자한 문제아라는 것도 알게 되었다.

그렇게 되고 나니 더더욱 구자민을 포기할 수가 없었다.

그 좋은 육체를 타고나서 가지고 있는 힘을 올바른 곳에 사용하지 않으면 미래야 불 보듯 뻔했기 때문이다.

류태원은 이후로 태권도장 학생들에게 구자민이 갈 만한 곳을 수소문했다.

그리고 시간이 날 때마다 구자민을 찾아내서 태권도를 배우라고 권유했다.

처음엔 한사코 거절하며 류태원을 피해 다니던 구자민도 결국 1년여의 끈질긴 러브콜에 이를 승낙했다.

이후부터 류태원은 구자민에게 열과 성을 다해 태권도를 전수했다.

심성이 상당히 비뚤어진 구자민은 그런 류태원의 가르침을 듣는 둥 마는 둥 하는 경우가 많았다.

슬렁슬렁하다 보면 류태원이 알아서 먼저 포기하겠지 하는 생각이 컸다.

하지만 류태원은 결코 포기하지 않았다.

그는 구자민이 무도의 길을 걷다 보면 올바른 정신이 깃들 것이라고 믿었다.

그런 류태원의 바람이 하늘에 닿은 건지, 어느 날부터 태권도를 배우는 구자민의 태도가 진지하게 바뀌었다.

류태원은 신이 나서 구자민을 더욱 열심히 가르쳤다.

하지만 실상은 그게 아니었다.

구자민이 태권도에 몰두했던 이유는 태어나 처음으로 주먹 싸움에서 패배를 맛보았기 때문이다.

구자민은 누구에게도 지기 싫어서 태권도를 전심전력으로 익혀 나갔다.

그렇게 2년이라는 시간이 흘렀다.

이제 구자민은 명실상부 류태원의 도장에서 제일가는 무도인이 되었다.

그가 국가 대표 선발전에 나가게 되면 무조건 1등으로 태극 마크를 달 수 있을 것이라고 류태원은 믿었다.

하지만 그것은 오로지 류태원의 생각일 뿐이었다.

얻을 걸 충분히 얻은 구자민은 더 이상 도장에 머물 마음이 없었다.

그는 류태원의 기대를 보기 좋게 차버리고서 도장을 나갔다.

이후로 구자민과 연락이 끊겼다.

류태원은 백방으로 구자민을 찾아다녔지만 그의 행적은 묘연했다.

그렇게 5년이 지나 지금에 오게 되었다.

한데 얼마 전, 류태원은 지인들과 함께한 술자리에서 구자민과 재회하게 됐다.

술집을 전세 낸 것처럼 시끄럽게 떠들어대는 무리가 있었는데, 구자민은 그 무리 안에 함께 있었다.

류태원은 가슴속에서 애증이 휘몰아쳐 구자민에게 다가갔다.

하지만 구자민은 그런 류태원을 보고 코웃음만 치더니 모른 체했다.

이미 구자민은 너무 먼 길을 와버렸다.

그는 류태원의 기억 속 구자민이 아니었다.

소위 말하는 건달들 속에서 '생활'을 하고 있는 상황이었다.

류태원 역시 이를 눈치챘지만 구자민과 잠시 잠깐이라도 따로 얘기를 하고자 했다.

그런데 그런 류태원에게 구자민은 심한 욕설을 뱉었다.

류태원은 그것을 몇 번이나 참다가 결국 구자민에게 손찌검을 했다.

뺨을 때린 것이다.

한데 그게 화근이었다.

그 자리에 있던 구자민의 동료 건달들이 류태원을 에워싸 위협했다.

평소에는 이성적으로 행동하는 류태원이었으나 구자민에 대한 애증 때문인지 스스로를 주체하지 못했다.

결국 류태원은 건달들에게 주먹을 사용하고 말았다.

건달들은 이상하리만치 류태원에게 쪽을 못 쓰면서 얻어맞았다.

그러다 경찰이 출동하면서 소동을 일으킨 이들이 모두 경찰서로 연행됐다.

거기서 건달들은 일방적으로 얻어맞았다는 증언과 함께 류태원에게 말도 안 되는 금액의 합의금을 요구했다.

구자민 역시 건달들의 증언에 힘을 보탰다.

그제야 류태원은 자신이 건달들의 덫에 완전히 걸렸음을 알았다.

건달들은 류태원이 다가와 구자민을 훈계하면서부터 이미 시선을 교환했다.

여차하면 위협하듯 몰아쳐서 일부러 얻어맞을 생각이었던 것이다.

그날 이후로 류태원은 매일같이 건달들의 협잡질에 시달려야 했다.

합의금을 내놓으라고 한 시간에 한 번씩 도장에다 전화를 하는가 하면, 괜히 도장 근처에서 어슬렁거리며 분위기를 살벌하게 만들었다.

류태원도 어지간하면 합의금을 내놓고 말겠지만 그 액수가 너무나 컸다.

그렇다고 합의하지 않자니 법적으로 크게 잘못될 판국이었다.

무술을 배운 사람은 폭력을 사용할 경우 일반인보다 가중 처벌을 받는다.

해서, 여러 가지 문제로 이러지도 저러지도 못한 채 보름이라는 시간이 흘렀다.

처음에 류정아는 이런 사실을 몰랐다가 여행을 하던 도중 알게 됐다.

곁에서 이를 지켜보니 안타까웠던 어머니가 무슨 방법이 없을까 하고 딸에게 얘기를 해준 것이다.

"후우."

사건의 경위를 파악한 김두찬은 한숨을 짧게 내쉬었다.

이 일은 그가 나서도 해결할 수 없었다.

하지만 류정아의 가족에게 도움을 줄 수 있는 사람을 알고 있었다.

건달들, 그것도 잠실에서 활동하는 건달들의 행패라면 전화 한 통으로 모든 게 끝날 것이다.

류정아가 짐을 챙겨서 펜션 밖으로 다시 나왔다.

김두찬이 그런 그녀에게 말했다.

"정아야. 그냥 넘기려고 했는데 안 되겠다. 쓸데없이 참견하는 것 같지만… 말해줄 수 있을까?"

"뭘?"

"네가 지금 고민하고 있는 문제. 어쩌면 내가 도움이 될 수 있을지도 모르잖아."

김두찬의 말에 류정아가 쓴웃음을 머금었다.

"아니야. 말해도 딱히 해결책이 안 나올 거야."

"네가 생각하는 것보다 내 인맥이 제법 좋아."

김두찬은 지금 류정아에게 대놓고 도움을 주려 하고 있었다.

사실 그녀가 모르게 도움을 줄 수도 있다.

하지만 그가 도와줬다는 걸 상대방이 알았을 때 얻을 수 있는 대가가 분명한데 굳이 감출 필요는 없었다.

그리고 그 대가는.

'진심도.'

류정아의 진심도였다.

그녀는 성격만큼이나 진심도가 지금껏 만나온 그 어느 누구보다 빠르게 올라가고 있었다.

만약 이 큰 사건을 해결해 준다면 진심도는 대번에 10을 찍을지도 모를 일이었다.

김두찬이 그런 생각을 하고 있자 로나가 한마디를 건넸다.

—그런데 두찬 님은 진심도가 아니더라도 류정아를 도와줬을걸요?

김두찬은 딱히 그녀의 말을 부정하지 못했다.

자기가 생각해도 그랬을 것 같았기에.

"우리 못 본 지 제법 오래됐잖아. 그동안 글쟁이 생활하면서 여기저기로 발이 넓어지더라고. 그 많은 인맥들 중, 너한테 도움이 될 만한 사람 한 명쯤은 있지 않을까?"

김두찬의 말에 류정아는 마음이 흔들렸다.

그러면서도 한편으로는 어제 괜히 합류하는 바람에 즐거워야 할 김두찬의 여행에 불편함을 줘버린 건 아닌지 미안했다.

"정아야. 말해줘."

하지만 김두찬은 류정아에게 계속해서 사정을 말해주기를 부탁했다.

결국 류정아는 지푸라기라도 잡는 심정으로 입을 열었다.

　　　　　*　　　　　*　　　　　*

　"…그렇게 된 거야."

　이미 알고 있는 얘기였지만 김두찬은 처음 듣는 것처럼 연기했다.

　심각하게 고개를 끄덕이는 김두찬의 모습은 누가 봐도 류정아의 사정을 몰랐던 사람 같았다.

　"그랬구나."

　"하아, 역시 괜히 말했나? 딱히 뾰족한 수가 없지?"

　류정아의 불안한 물음에 김두찬이 빙그레 미소 지으며 고개를 저었다.

　"아니."

　"…어?"

　류정아가 놀라 눈을 동그랗게 떴다.

　"1분만 줘."

　말을 하고서 김두찬이 스마트폰을 꺼내 어딘가로 전화를 걸었다.

　신호음이 몇 번 가기도 전에 폰 너머에서 힘 있는 남자의 음성이 들려왔다.

　ー김 작가님! 벌써 일어났습니까? 부지런하시네.

김두찬에게 살갑게 말을 건네는 이는 다름 아닌 정지호였다.

　"잘 지냈어요?"

　—나는 항상 잘 지내고 있으니까 안부 묻는 건 시간 낭빕니다. 한데 무슨 일입니까?

　"부탁할 게 있어서요."

　—김 작가님 부탁이라면 염라대왕을 잡아오라고 해도 들어드려야지. 말해봐요.

　"사람 한 명 찾아서 일 좀 정리해 주세요."

　—이름이랑 나이랑 서식지 압니까?

　"구자민. 24살. 잠실에서 건달 생활하고 있어요."

　—내 구역에서 생활하고 있는 놈이면 금방 찾지. 한 시간도 안 걸릴 겁니다. 이놈 찾아서 뭘 정리하면 됩니까?

　김두찬은 류정아의 사정을 간략하게 얘기했다.

　그러자 정지호가 낮에 웃음을 흘렸다.

　—뭐, 어려운 일도 아니네. 두 시간만 주면 좋은 소식 전해줄 테니 기다려요.

　김두찬이 통화를 끝냈다.

　류정아가 잔뜩 기대하는 시선을 던지며 김두찬에게 물었다.

　"누구랑 전화한 거야?"

"음… 밤거리를 잡고 있는 사람이라고 하면 대충 감이 오지?"

"조폭?"

"조폭… 이라고 하기에는 제법 정의롭고 의리 있는 사람이야."

"그렇구나."

류정아는 거기에 대해서 더 따지고 들지 않았다.

지금 김두찬은 그녀의 어려움을 해결해 주기 위해 노력하고 있었다.

그런 사람에게 이것저것 따지고 들 마음은 없었다.

"두 시간만 기다려 봐. 그럼 다 해결될 거야."

"정말?"

류정아는 그 말이 선뜻 믿기지 않았다.

류태원이 구자민 일당에게 시달린 게 보름이 넘었다.

그동안 류태원도 나름대로 이 상황을 타개하기 위해 여러모로 노력했지만 도통 해결할 수가 없었다.

한데 두 시간 만에 일을 해결할 수 있을 거라니?

류정아가 반신반의하며 입술을 잘근잘근 깨물었다.

김두찬은 한 번도 본 적 없는 그녀의 초조한 모습이 퍽 안타까웠다.

그때였다.

"두 사람 벌써 일어났어?"

잠에서 깬 정미연이 밖으로 나왔다.

"미연아, 잘 잤어?"

"언니! 잘 잤어?"

김두찬과 류정아가 동시에 정미연에게 인사를 건넸다.

정미연은 두 사람에게 다가오다 류정아가 멘 가방을 보고서는 고개를 모로 꺾었다.

"가려고?"

"아… 가려고 했는데… 아침이라도 같이 먹고 갈까 싶어서. 괜찮지, 언니?"

류정아는 언제 초조해했냐는 듯 금세 평소의 밝은 모습으로 돌아와서 정미연에게 팔짱을 꼈다.

그에 정미연이 피식 웃었다.

"넉살은. 그래, 밥 먹자. 다들 들어와. 내가 밥 해줄게. 어제 사왔던 김치랑 돼지고기 조금 남았거든. 그걸로 김치찌개 끓여 먹자."

"콜!"

정미연과 류정아가 사이좋게 건물 안으로 들어갔다.

그때.

[진심도를 1포인트 얻었습니다. 직접 포인트 100이 적립됩

니다.]

김두찬의 눈앞에 시스템 메시지가 나타났다.
류정아의 진심도가 7에서 8로 변해 있었다.

*　　　　　*　　　　　*

정미연이 솜씨를 발휘해 간단한 아침을 차렸다.
류정아는 정미연이 끓인 김치찌개를 연신 감탄하며 먹었다.
식사를 끝낸 후, 설거지는 류정아가 담당했다.
김두찬은 펜션을 청소하고 쓰레기들을 정리했다.
그러는 사이 샤워를 마치고 나온 정미연이 옷을 입고 화장
에 한창이었다.
김두찬도 샤워를 한 뒤 옷을 갈아입었다.
그렇게 한 시간 반 정도가 흘렀다.
오전 8시.
펜션을 나서기에는 조금 이른 시간이지만 미련 없이 떠나기
로 했다.
이번 여행의 방향은 머물기보다는 다니는 쪽에 있었기 때
문이다.
“이제 어디로 갈까?”

김두찬이 정미연에게 물었다.

"어제처럼 막 다녀도 좋고. 구경하고 싶은 곳 정해서 가도 좋아."

"그럼 일단… 좀 걷고 싶은데."

펜션의 주변으로는 소양강이 흐르고 있었다.

강을 따라 길게 늘어진 길 주변으로는 가을 야생화과 억새 풀이 빼곡했다.

"그러게. 좀 걷는 것도 괜찮을 것 같네."

정미연은 김두찬의 의견에 동의했다.

그러고서 류정아에게 물었다.

"정아는? 바로 떠날 거야? 바쁜 거 아니면 같이 산책이나 하다 가."

그에 김두찬이 고개를 끄덕였다.

애초에 다른 곳으로 떠나기보단 근처를 산책하고 싶다 말했던 것도 류정아와 자연스레 함께할 시간을 더 갖기 위해서였다.

진심도 역시 호감도처럼 눈앞에 있을 때 10을 찍지 않으면 특전이 주어지지 않는다.

정지호가 움직였으니 구자민 건은 반드시 해결된다고 봐야 했다.

따라서 류정아가 그 소식을 김두찬 일행과 헤어진 다음에

듣게 되면 진심도가 10으로 올라가도 증강핵을 받지 못한다.

'2시간이라고 했지.'

정지호가 2시간이라고 했으면 분명히 그 안에 일을 해결할 것이다.

허튼 말은 애초에 하지 않는 남자니까.

김두찬의 눈치를 살핀 류정아가 정미연에게 얼른 대답했다.

"응! 그러면 산책까지만 같이하고 갈게."

"그래."

정미연이 김두찬에게 팔짱을 끼고서 강변길로 향했다.

옆에서 그 모습을 지켜본 류정아가 탄성을 흘렸다.

"와~ 어제도 느낀 거지만, 두 사람 진짜 비주얼 갑이다. 연예인 뺨치는 남녀가 연애하니까 걸어만 다녀도 빛이 나는 것 같아."

"칭찬 고마워."

정미연은 당연한 듯 류정아의 칭찬을 받았고, 김두찬은 살짝 쑥스러워했다.

세 사람은 나란히 강변길을 거닐었다.

그리고 어제 다 못한 그간의 얘기들을 나누다 보니 시간은 빠르게 흘렀다.

20여 분이 지났을 무렵.

누군가의 스마트폰에서 벨 소리가 들려왔다.

류정아의 것이었다.

그녀가 액정을 확인하고서 눈을 크게 떴다.

"응? 엄마네? 이 시간에 딱히 전화할 일이 없을 텐데?"

류정아는 무슨 일인가 싶어 얼른 전화를 받았다.

"응, 엄마. 무슨 일이야?"

─정아야. 이제 됐다, 됐어!

"응? 됐다니?"

─방금 네 아빠한테서 연락이 왔는데 그 깡패 놈들이 도장으로 찾아왔더래!

"뭐? 그래서? 행패라도 부렸대?"

─아니, 아니. 대뜸 사과를 하더란다. 여태껏 무례하게 굴어서 죄송했다고. 합의금도 받지 않을 거라고 했다지 뭐니?

"정말… 이야?"

─내가 그럼 이런 걸 없는 소리 할까 봐? 근데 그 깡패 놈들 얼굴이 어디서 흠씬 두들겨 맞은 것처럼 터지고 멍들고 그랬다더라.

류정아의 놀란 시선이 김두찬에게 향했다.

김두찬의 말대로 2시간이 지나기 전에 일이 해결되었다.

'이게 정말 가능하구나.'

김두찬에 대한 진심도가 8이나 되니, 그의 말을 곧이곧대로 믿은 류정아였다.

한데 단순히 믿는 것과, 믿었던 것이 현실로 이루어진 건 차원이 다른 일이었다.

류정아는 그녀의 어머니와 몇 마디 더 대화를 나누고서는 통화를 끝냈다.

그녀가 뭐라 형언할 수 없는 감정이 가득 담긴 얼굴로 김두찬을 바라봤다.

하지만 이내 그녀는 자신의 감정을 감췄다.

아무것도 모르는 정미연이 보면 분명 의아하게 여길 테니 말이다.

김두찬 역시 아무런 티를 내지 않았다.

류정아는 자신의 마음을 김두찬에게 전하고 싶었다.

정미연만 아니었다면 강하게 포옹이라도 한 번 해줬을 것이다.

그만큼 류정아는 김두찬이 고마웠다.

사실 지금도 조금 얼떨떨했다.

보름 동안 해결되지 않던 일을 김두찬은 전화 한 통으로 정리했다.

'몇 달 못 본 사이 이렇게나 거대한 사람이 될 줄은……'

정말 몰랐다.

'정말 고마워, 두찬아.'

류정아는 김두찬에 대한 고마움을 속으로만 전했다.

그러나 김두찬에게는 그녀의 마음이 고스란히 와닿았다.

류정아의 진심도가 8에서 10으로 솟구쳤기 때문이다.

동시에 그의 눈앞에 시스템 메시지가 나타났다.

[진심도를 2포인트 얻었습니다. 직접 포인트 200이 적립됩니다.]

[진심도 포인트가 10이 되었습니다. 특전으로 증강핵 하나를 얻게 됩니다.]

'됐어!'

김두찬은 계획했던 대로 증강핵을 얻게 되었다.

그가 기쁜 표정을 애써 감췄다.

류정아와 김두찬은 속으로만 마음을 주고받은 채, 아무 일도 없는 듯 산책을 즐겼다.

한데 시간이 지날수록 김두찬의 심정이 영 불편했다.

정미연에게 비밀을 만들었다는 사실 때문이었다.

결국 김두찬은 류정아에게 양해를 구한 뒤 사실을 고하려 했다.

"저기, 정아야."

그런데 거의 동시에 류정아의 입이 열렸다.

"미연 언니!"

"응?"

"나… 사실 말 못 한 게 있어. 그런데 이대로 헤어지면 계속해서 마음이 무거울 것 같아서 말해야겠어."

"뭔데?"

류정아는 정미연에게 오늘 새벽, 김두찬과 있었던 일들을 털어놓았다.

얘기를 듣는 동안 김두찬은 슬쩍슬쩍 정미연의 눈치를 살폈다.

그녀는 팔짱을 끼고서 화난 건지, 아닌 건지 모를 표정으로 서 있었다.

류정아의 얘기가 다 끝났다.

정미연은 무슨 생각을 하는지 눈을 천천히 깜빡였다.

그녀의 눈이 한 번 깜빡일 때마다 김두찬의 가슴도 철렁댔다.

"그 얘기를 두찬 씨한테 들었으면 더 좋았을 테지만… 이제라도 사실대로 말해서 나 바보 되지 않게 해줬으니 그냥 넘어갈게."

"언니이이이~ 고마워!"

류정아가 정미연을 껴안으려 했다.

그러자 정미연은 검지로 그녀의 이마를 누르더니 쭉 밀어냈다.

"윽!"

"안는 건 안 돼. 기분이 좋은 것도 아니니까."

"그, 그렇겠지?"

"그리고 두찬 씨."

"으… 응."

"정아가 고백하려 했던 타이밍에 두찬 씨도 말하려고 했던 거지?"

역시 눈치 하나는 장난이 아닌 여인이었다.

어쩌면 김두찬과 류정아 사이의 이상한 기류도 이미 눈치챘을지 모를 일이었다.

정미연이 미안해하는 김두찬의 머리를 가볍게 쓰다듬어 주었다.

"다음부터는 바로바로 얘기해. 알았지?"

"그럴게."

"자, 그럼. 산책은 여기서 그만."

정미연은 류정아에게 이별을 고했다.

류정아는 두 사람에게 고마우면서도 미안한 마음을 가득 안은 채 작별 인사를 건넸다.

"언니, 두찬아. 정말 반가웠어. 그리고 고마워. 사실 여행하는 내내 마음이 불편할 뻔했거든. 아니… 이틀 전, 엄마한테 전화를 받고 나서 도저히 여행할 마음이 들지 않았어. 그래서 속초까지 닿았다가 돌아가는 와중 춘천에 잠깐 들렀던 거야. 한데 두 사람 만나서 일이 이렇게 해결될 거라고는 생각도 못 했어. 진짜 이 은혜는 내가 반드시 갚을게!"

정미연이 웃으면서 대답했다.

"갚아야지. 사이즈가 제법 크던데."

"응! 그리고 언니랑 두찬이 관계 살짝 불편하게 만든 것도 이자 쳐서 갚을게."

"이제 어떻게 할 거야? 계속 여행? 아니면……."

김두찬의 질문이 다 끝나기도 전에 류정아가 대답했다.

"집에 갈 거야. 빨리 아빠, 엄마 얼굴 보고 싶어 죽겠어. 이런 상태로 여행해 봤자 시간 낭비잖아."

"그렇지."

류정아의 심정이 충분히 이해되는 두 사람이었다.

그들이었더라도 이런 상황에서 여행에 집중한다는 건 어려운 일일 것이다.

"아무튼 정말 신세 많이 졌어. 서울에서 보자."

류정아가 장난스러운 미소를 머금고서 주먹으로 김두찬의 어깨를 가볍게 툭 치려 했다.

한데 그녀의 가볍다는 기준은 일반인과 많이 달랐다.

상당한 힘을 실은 잽이 날아오자 김두찬의 박투 능력이 저절로 경계 모드를 발동했다.

그의 몸이 의지와 상관없이 움직였다.

김두찬의 오른손이 왼쪽 어깨에 닿으려 하는 류정아의 주먹을 쳐냈다.

탁!

"응?"

"어?"

장난으로 내지른 주먹을 너무 칼같이 쳐내자 류정아가 당황했다.

김두찬 역시 당황한 건 마찬가지였다.

'이건 내 의지가 아닌데.'

김두찬이 이 상황에 대해 변명을 하려 했다.

그런데 류정아가 놀란 포인트는 다른 곳에 있었다.

"두찬아. 방금 그 반사 신경은 뭐야?"

"반사 신경?"

"장난 아니던데. 보통은 그렇게 못해. 그리고 손이 상당히 맵네."

류정아는 얼얼한 손을 꾹꾹 주물렀다.

"아, 미안해. 나도 모르게 그만."

"야, 너 작가님이 운동신경까지 좋은 건 반칙 아니야?"

"그런가."

김두찬이 피식 웃었다.

류정아는 그 미소가 눈이 부시도록 아름답다고 생각했다.
계속 보고 싶을 정도로.

더 머뭇거렸다가는 계속 가기 싫어질 것 같았다.

이제 떠나야 했다.

"갈게. 언니, 다음에 봐요! 안녕~ 내 친구!"

류정아가 손을 흔들며 리드미컬한 걸음으로 멀어져 갔다.

두 사람도 마주 손을 흔들어 그녀를 배웅했다.

"이제 다시 둘이 됐네."

"응. 어디 갈까, 미연아."

"내가 리드할 테니까 믿고 따라다닐래?"

"그것도 좋지."

두 사람은 펜션으로 돌아와 차를 타고 떠났다.

오늘 운전대는 정미연이 잡았다.

"신나게 즐길 준비해, 두찬 씨."

준비 같은 건 필요 없었다.

정미연과 함께라면 언제나 신이 나는 김두찬이었기에.

*   *   *

김두찬과 정미연이 힐링 여행을 하고 있는 그 시각.

미국에서는 김두찬의 글이 빠르게 퍼져 나가며 파란을 예고하고 있었다.

솜씨가 좋은 번역가의 손에서 훌륭하게 영문 버전으로 재탄생한 김두찬의 글, 몽중인과 적—레드, 블루는 물 건너 사람들의 취향도 만족시켰다.

미국에서도 그의 글은 일반 서적과 전자책으로 동시 서비스되고 있었다.

아울러 아띠 출판사 측에서는 힘닿는 대로 열심히 광고를 해나갔다.

김두찬이 벌어다 준 돈이야 차고 넘치니, 그의 책을 광고하는 데 돈을 아끼는 일은 없었다.

그 덕분에 해외에 선보인 지 얼마 되지도 않은 글이 제법 많은 사람들에게 읽힐 수 있었다.

처음에는 한국 작가가 집필한 판타지 소설이라는 선입견 때문에 아무리 광고를 해도 손을 잘 타지 않았다.

한데 소설을 읽어본 사람들의 극찬이 이어졌다.

그들은 주변 사람들에게도 김두찬의 글을 권했다.

인터넷에서는 김두찬의 책에 대한 평점이 모든 책 평가 사이트에서 거의 만점을 기록하고 있었다.

그렇다 보니 소설을 제법 좋아한다고 하는 이들도 편견을 깨고 김두찬의 글을 접하기 시작했다.

그때부터 김두찬의 소설은 날개 돋친 듯 팔려 나가기 시작했다.

요즘엔 판타지 소설에 대해 이야기할 때 몽중인과 적에 대한 얘기가 빠지지를 않았다.

정통 판타지라기보다는 소설 속 설정 하나에 판타지적 요소를 곁들인 것뿐인데도, 여타의 판타지 소설과 어깨를 나란히 하며 호평을 받고 있었다.

그런 김두찬의 책 한 권이 지금 미국의 거장 영화감독 샘 레넌의 손에 들려 있었다.

김두찬과 정미연의 휴가 중에 생긴 일이었다.

Liking 79

보너스 미션

2박 3일간의 꿀 같은 휴식을 즐기고 난 뒤 김두찬은 일상으로 돌아왔다.

 집에 도착했을 때는 이미 늦은 밤이었다.

 2층으로 올라와 샤워를 하고서 침대에 드러누웠다.

 김두찬이 상태창을 열었다.

 그의 시선이 상태창의 하단부로 향했다.

 직접 포인트: 3,428

 간접 포인트: 9,000

핵: 0

증강핵: 1

며칠 동안 직접 포인트와 간접 포인트가 제법 축적되었다.

직접 포인트로는 A급 능력 하나를 S급으로 올릴 수 있었다.

증강핵도 얻게 되어 어떤 랭크의 능력이든 업그레이드가 가능했다.

'어디에 투자하는 게 좋을까.'

김두찬이 능력치들을 신중하게 살피며 고심했다.

'우선 간접 포인트부터 사용해 보자.'

A랭크 이하의 능력들은 소매치기(C), 노래(B), 박투(C), 악력(B), 운전(D), 연기(B)였다.

그중에서 간접 포인트를 투자할 만한 능력은 지금으로서는 노래나 연기 정도가 전부일 듯했다.

'하지만 간접 포인트가 상당하니 투자할 수 있는 범위가 넓어지지.'

김두찬이 위에 열거한 능력들을 전부 A랭크로 올린다고 해도 12,400포인트밖에 들지 않는다.

현재 김두찬에게 있는 간접 포인트는 9,000이다.

그런데.

"엉?"

간접 포인트가 갑자기 실시간으로 빠르게 솟구치기 시작했다.

시간이 자정을 넘어갔기 때문이다.

"이 정도면… 곧 1만이네."

포인트 투자의 폭이 더 넓어졌다.

김두찬은 A랭크 미만의 능력들 중 쓸데없다고 생각하는 것 두 개를 골라냈다.

"음… 악력이랑 운전을 뺄까? 소매치기?"

그때 잠자코 있던 로나의 음성이 들려왔다.

―두찬 님.

'로나? 왜?'

―절 믿고 소매치기는 빼지 마세요.

'갑자기?'

―전부터 언제 올라나 지켜보고 있었는데 더는 못 참겠네요. 어서 올려보세요.

로나가 이렇게 직접적으로 무언가를 종용하는 경우는 거의 없었다.

이럴 때는 무조건 로나 말을 듣는 게 현명했다.

'알았어. 그럼 악력이랑 운전을 뺄게.'

그리고 김두찬은 소매치기의 랭크를 먼저 올렸다.

'소매치기에 간접 포인트 2,400을 투자하겠어.'

포인트가 투자되자 시스템 메시지가 나타났다.

[소매치기의 랭크가 B로 업그레이드됐습니다. 랭크 업 특전이 주어집니다. 사람의 신경을 다른 곳으로 돌리는 데 능숙해집니다. 소매치기 확률이 70퍼센트로 업그레이드됩니다.]
[소매치기의 랭크가 A로 업그레이드됐습니다. 랭크 업 특전이 주어집니다. 주변의 시선을 느낄 수 있게 됩니다. 소매치기 확률이 80퍼센트로 업그레이드됩니다.]

'오?'
김두찬이 감탄했다.
소매치기 확률이 올라간 건 중요치 않았다.
사람의 신경을 다른 곳으로 돌리는 데 능숙해진다는 것과 주변의 시선을 느낄 수 있게 됐다는 게 중요했다.
그것은 굳이 소매치기를 하지 않더라도 살아가는 데 있어서 필요한 능력이었다.
한데 거기서 끝이 아니었다.
─제가 원하는 소매치기의 진가는 S랭크에서 나온답니다.
로나는 김두찬에게 소매치기의 랭크를 한 단계 더 업그레이드시키라고 종용했다.
김두찬은 망설이지 않고 그녀의 말을 따랐다.

'직접 포인트 3,200을 소매치기에 투자하겠어.'

[소매치기의 랭크가 S로 업그레이드됐습니다. 랭크 업 특전이 주어집니다. 소매치기 확률이 90퍼센트로 업그레이드됩니다. 이모션 스틸(Emotion steal)을 얻었습니다.]

S랭크에서만 얻을 수 있는 고유 기술이 생겼다.
김두찬이 바로 이모션 스틸을 자세히 살폈다.

[이모션 스틸(Emotion still)—액티브 능력. 다른 생명체가 지금 느끼고 있는 감정을 훔쳐올 수 있다. 이 능력은 하루에 몇 번이고 사용 가능하나, 단일 대상에게 중복으로 사용할 수 없다. 매일 자정을 기점으로 리셋된다.]

'다른 생명체의 감정을 훔쳐올 수 있다고?'
—그렇답니다.
그 말에 김두찬은 상상 공유를 떠올렸다.
그리고 두 가지 기술을 비교해 봤다.
상상 공유는 하루에 한 번밖에 사용할 수 없다.
상상 공유를 사용하면 다른 생명체가 최근 가장 관심 있어 하는 것들에 대해 깊이 알 수 있게 된다.

반면 이모션 스틸은 다른 생명체의 감정 자체만 훔치는 힘이다.

그 생명체가 지금 느끼고 있는 당장의 감정을 훔치는 것이다.

'혹시 내가 감정을 훔쳐 버리면 그 사람은 훔친 감정을 잃어버리는 거야?'

─그렇지 않답니다.

즉, 상대방에게는 아무런 해가 되지 않는 능력이었다.

아무튼 중요한 건 이 능력이 하루에 몇 번이고 사용 가능하다는 데 있었다.

단, 한 사람에게 중복으로 사용은 불가능했다.

만약 김두찬이 정미연에게 이모션 스틸을 오늘 사용했는데 한 번 더 사용하고 싶다면, 자정을 넘겨 능력의 힘이 리셋되어야 한다는 것이다.

그 정도의 제약이야 얼마든지 받아들일 수 있었다.

중요한 건, 이모션 스틸의 힘으로 상대방의 감정이 어떤지 바로 알 수 있다는 것이었다.

그것은 타인의 호감도를 올리는 데도 주효하게 작용할 터였다.

아울러 김두찬이 사람을 상대하는 어떤 자리에서도 우위를 점할 수 있게 해준다.

사람을 상대함에 있어 감정을 읽어버리는 것만큼 유리한 건 없었다.

그뿐인가?

여태껏 김두찬이 느끼지 못했던 감정들도 느낄 수 있을 터였다.

김두찬도 나름 20살이나 먹었고, 인생의 희노애락을 전부 겪어봤다.

그러나 그건 단순한 감정에 불과하다.

아직 경험한 것보다 경험하지 못한 것이 더 많았다.

때문에 복잡다단한 여러 가지 감정들에 대해서 모르는 것이 더 많다.

하루하루 사람의 눈을 피해 먹이를 찾아다니는 길고양이의 심정을 그가 알까?

불의의 사고로 자식을 잃은 부모의 심정을 알 수 있을까?

한평생 만화가를 꿈꾸며 그림만 그리다가 우연한 기회에 글을 썼는데 덜컥 책으로 나와 버려 소설가의 인생을 살게 된 사람의 기분은?

그 모든 것들을 김두찬은 이제 접할 수 있는 기회를 가지게 됐다.

그리고 그것은 곧 김두찬이 만들어 나가는 작품 세계를 더욱 리얼하게 표현해 줄 것이 틀림없었다.

'이거였구나, 로나.'

—바로 그거였답니다.

역시 로나는 항상 옳다.

김두찬은 이모션 스틸로 인해 여러 가지의 혜택을 손에 넣을 수 있게 됐다.

'자, 그럼 남은 포인트도 전부 투자해 보자.'

남아 있는 간접 포인트는 7,600.

김두찬은 그것으로 노래, 박투, 연기의 랭크를 A로 업그레이드시켰다.

[노래의 랭크가 A로 업그레이드됐습니다. 랭크 업 특전이 주어집니다. 음역대가 4옥타브까지 열립니다.]

[박투의 랭크가 B로 업그레이드됐습니다. 랭크 업 특전이 주어집니다. 근육의 움직임을 먼저 읽고 상대방의 공격을 미리 예측할 수 있게 됩니다. 힘과 민첩성이 C랭크보다 2배 상향됩니다.]

[박투의 랭크가 A로 업그레이드됐습니다. 랭크 업 특전이 주어집니다. 본능적으로 급소를 노리게 됩니다. 힘과 민첩성이 B랭크보다 2배 상향됩니다.]

[연기의 랭크가 A로 업그레이드됐습니다. 랭크 업 특전이 주어집니다. 모든 배역의 연기를 완벽하게 소화하게 됩니다.]

'됐다.'

김두찬은 세 가지의 능력을 A랭크로 업그레이드하며 5,600 간접 포인트를 소모했다.

이제 남은 간접 포인트는 2,000.

'이거는 킵해두기로 하고.'

직접 포인트와 간접 포인트를 모두 사용했으니 남은 건 증강핵뿐이었다.

증강핵으로 올릴 만한 능력은 매혹(S), 스토리텔링(SS), 자각몽(S), 상상력(S), 행운(S), 문장력(S), 치료(S)였다.

'역시 SS랭크를 하나 더 올리는 게 합리적인 판단 아닐까?'

김두찬의 시선이 스토리텔링이라는 항목을 살폈다.

스토리텔링: 0/100,000(SS—파악과 재구성, 이야기)

SS랭크를 SSS랭크로 업그레이드하는 데 필요한 포인트는 무려 10만이었다.

그것도 간접 포인트 말고 직접 포인트로만 투자를 해야 한다.

증강핵이 없었다면 SSS랭크라는 건 머나먼 일이 되었을지도 모를 일이었다.

역시 스토리텔링에 투자하는 게 합리적이었다.

'하지만 상상력이나 문장력의 특전도 궁금한데.'

잠시 갈등하던 김두찬은 결국 마음을 정했다.

'중강핵으로 스토리텔링의 랭크를 올리겠어.'

우선 하나의 능력을 끝장내 놓고 다른 능력들에 눈을 돌리기로 한 것이다.

그래야 뭔가 후련할 것 같았다.

아직까지 SSS랭크를 찍은 능력은 없었으니까.

[스토리텔링의 랭크가 SSS로 업그레이드됐습니다. 랭크 업 특전이 주어집니다. 이야기의 힘이 강화됩니다.]

'이야기가 강화돼?'

김두찬은 당장 특전 이야기를 자세히 살폈다.

[이야기─패시브 스킬. 어떠한 것을 소재로 삼아도 대중성과 작품성이 있는 재미있는 이야기를 즉석에서 만들어낼 수 있게 됩니다.]

"캬아!"

김두찬은 지속적으로 터지는 시원함에 결국 육성으로 감탄을 내뱉었다.

김두찬이 전에 SS랭크에서 얻었던 이야기의 능력은 '어떠한 것을 소재로 삼아도 재미있는 이야기를 즉석에서 만들어낼 수 있게 되는 힘'이었다.

그런데 지금은 거기에 대중성과 작품성이 추가되었다.

이제는 이야기의 힘으로 떠올린 글감들은 이것저것 거를 필요 없이 전부 출간해 버리면 되는 것이다.

'그러고 보니 올타입 공모전이 이제… 오늘부터구나.'

잠시 잊고 있었다.

올타입의 공모전은 오늘 오전 8시를 기점으로 포문을 열게 된다.

이미 김두찬을 비롯한 기라성 같은 작가들이 공모전에 등록을 한지라 세간의 관심이 몰리고 있었다.

'과연 이 무대에서 김두찬은 빛을 발할 수 있을 것인가?', '환상서를 벗어나도 그의 글은 통할 것인가?' 등등, 여러 가지 의문을 네티즌들은 던지고 있었다.

물론 김두찬은 충분히 이 공모전에서 우승을 차지할 자신이 있었다.

이야기의 힘이 강화되면서 더더욱 자신감이 커졌다.

그때였다.

김두찬의 눈앞에 여태까지 본 적 없던 새로운 시스템 메시지가 나타났다.

[보너스 미션 발동. 확인하시겠습니까?]
YES/NO

'보너스 미션? 이건 또 뭐야?'

의아해하는 김두찬의 머릿속으로 로나의 의지가 전해졌다.

—말 그대로 보너스 미션이랍니다. 미션을 확인하면 그 즉시 수행을 해야 한답니다. 미션을 완료하면 보너스가, 실패하면 페널티를 얻게 된답니다.

'보너스는 뭐고 페널티는 뭔데?'

—보너스는 두찬 님의 능력 중 무작위 능력 하나의 등급이 한 단계 업그레이드되는 것이랍니다.

'와! 그건 좋은데? 페널티는?'

—S등급 이하의 무작위 능력 중 하나의 등급이 한 단계 너프된답니다.

'윽… 능력치 너프라.'

—하지만 인생 역전은 김두찬님의 파란만장한 꽃길을 응원하는 게임으로 'S등급 이하의 무작위 능력'이라는 조건을 붙여주었답니다.

쉽게 말해서 SS등급과 SSS등급의 능력치는 너프되지 않는다는 것이다.

'미션을 성공하면 그야말로 땡큐고, 실패하게 되면 재수 없을 경우 S랭크가 A랭크로 하락.'

3,200포인트가 날아가는 셈이다.

하지만 잃는 것보다 얻는 게 더 많은 게임이다.

게다가 인생 역전의 특성상 말도 안 될 만큼 힘든 미션은 나오지 않을 터.

'좋아!'

김두찬은 YES를 선택했다.

그러자 감추어져 있던 미션이 나타났다.

이를 확인한 김두찬은 말없이 눈만 끔뻑거렸다.

Liking 80

만만하지 않다?

[보너스 미션]
올타입 공모전에서 대상을 받으세요.

"올타입 공모전에서 대상을 받으라고?"

─한 번 확인한 미션은 무조건 수행해야 한답니다~! 어려울 것 같으신가요?

로나의 물음에 김두찬은 턱을 매만지며 골똘히 생각했다.

'글쎄… 이걸 어렵다고 해야 할지. 쉽다고 해야 할지.'

김두찬은 이미 환상서에서 연재하는 글마다 대히트를 기록

한 전적이 있다.

게다가 스토리텔링을 SSS까지 올리며 이야기의 힘을 강화시켰다.

올타입 공모전에서 충분히 좋은 성적을 올릴 자신이 있었다.

대상을 받는 것 역시 어려운 일은 아니라고 생각했다.

하지만 만에 하나라는 것이 있고, 변수는 언제나 일어나는 법이다.

세상일이라는 게 김두찬의 생각대로만 돌아가는 건 아니었다.

'살짝 불안하긴 하네.'

—본인의 능력을 믿으세요, 두찬 님.

로나가 김두찬을 독려했다.

'그래. 믿어야지.'

어차피 올타입 공모전은 치러야 하는 거고, 처음부터 대상을 목표로 했었다.

보너스 미션이 떴다고 달라질 건 아무것도 없었다.

'그럼… 공모전에 출품할 글이나 이어서 써볼까.'

김두찬이 컴퓨터 앞에 앉아 신작 현대영웅전의 원고를 열었다.

타타타타타타탁!

이윽고 그의 손이 빠르게 키보드를 두들겼다.

*　　　*　　　*

올타임의 공모전이 시작됐다.

공모전에 참가한 작가는 무려 2,203명이었다.

아울러 올타임에 가입한 회원 수는 15만을 돌파했다.

올타임의 공격적인 마케팅이 성공적으로 먹혀 들어간 것이다.

10월 23일 월요일.

오전 8시를 기점으로 올타임의 공모전이 시작됐다.

참가 작가들은 사전에 자신의 연재 게시판을 신청해 둔 상태였다.

비공개 상태였던 게시판이 공개로 전환되면서 작가들은 빠르게 글을 올리기 시작했다.

순위는 오로지 조회 수 하나만을 가지고 실시간으로 집계하는 방식이었다.

공모전의 기간은 2주로 상당히 짧았다.

보통 장르 문학 사이트의 공모전 기간은 짧아도 한 달, 길면 두세 달씩 하기 마련이다.

그런데 2주라는 건 언뜻 이해하기 힘든 일이었다.

이를 올타임 측에서는 장르 글을 전문적으로 서비스하는 사이트와 달리, 올타임은 모든 글들을 서비스하는 곳이기에 장르 문학 사이트의 공모전 기간과 차별을 두었다고 설명했다.

기본 7권 이상으로 완결이 나는 장르 글을 생각하면 두세 달의 기간이 맞겠으나, 단권으로 끝나는 일반 소설의 경우 한 달을 그렇게 연재해 버리면 전권의 내용을 다 올리게 되는 일이 발생한다.

때문에 공모전의 기간을 2주로 한 것이다.

아울러 글은 하루에 한 편 이상 올릴 수 없도록 했다.

이 역시 장편을 지향하는 장르 글의 독주를 막기 위함이었다.

이를 어길 시, 공모전에서 자동 탈락이 되어버린다.

첫날, 총 1,800여 편의 글이 올라왔다.

김두찬 역시 글을 업로드했다.

김두찬의 이름값은 역시 대단했다.

1화가 올라오자마자 조회 수가 빠르게 치솟기 시작했다.

한데 김두찬 못지않게 독자들을 끌어모으는 이름들이 제법 있었다.

서태휘와 주화란, 그리고 허지나 작가 등이었다.

그 외에도 장르 시장에서, 그리고 일반 문학과 소설 시장에서 제법 판다는 작가들의 이름이 상위권에 노출되었다.

하지만 그들은 김두찬을 따라잡지 못했다.

김두찬은 압도적이라고 할 수 없지만, 실시간 조회 수 집계 순위에서 1위를 놓치지 않았다.

게다가 글에 달리는 댓글들도 호평 일색이었다.

시작이 좋았다.

이대로 간다면 오늘은 계속해서 1위의 자리를 놓치지 않을 것 같았다.

그런데 이변이 벌어졌다.

*　　　　*　　　　*

대학 강의가 끝나자마자 김두찬은 작업실로 향했다.

오후 6시가 조금 넘어 작업실에 도착하니 주화란과 채소다가 심각한 얼굴로 무언가를 보고 있었다.

김두찬이 그녀들에게 다가가 물었다.

"뭘 그리 심각하게 봐요?"

그러자 채소다가 믿을 수 없다는 얼굴로 모니터를 가리켰다.

"봐봐."

모니터엔 올타입의 메인 화면이 보였다.

메인 화면의 중앙 상단엔 공모전에 참가한 작품들의 실시간 순위가 떠 있었다.

그런데.

"두찬아. 너 3위야. 말도 안 돼."

점심때까지만 해도 꿋꿋이 1위의 자리를 고수하고 있던 김두찬의 작품이 지금은 3위로 밀려났다.

"난 당연히 김 작가님이 1위를 놓치지 않을 거라고 생각했었는데……."

주화란도 한마디를 했다.

김두찬은 그런 두 사람의 반응에 어깨를 으쓱했다.

"내가 어떻게 매일 1등만 하겠어요. 그럴 수도 있지."

오늘 하루 동안 자신의 순위를 시간 날 때마다 체크했던 김두찬이다.

작업실로 향하는 밴 안에서도 확인을 했다.

때문에 현재 순위 3위라는 건 잘 알고 있는 사실이었다.

의연하게 넘어가려는 김두찬을 채소다가 붙잡고 늘어졌다.

"그래… 물론 그럴 수도 있지. 그런데 1위랑 2위 하고 있는 사람들 도대체 누군데? 나는 처음 보는 필명이야."

"저도요."

현재 올타임에서 1위를 하고 있는 소설의 제목은 '봄날'이었다.

판타지가 아닌 일반 소설로 일상에 질려 무일푼으로 여행을 떠나는 청년의 얘기를 다루고 있었다.

봄날을 집필한 작가의 필명은 '소년D'였다.

주로미도 채소다도 소년D라는 필명을 쓰는 작가는 알지 못했다.

김두찬 역시 생소한 필명이었다.

2위를 하고 있는 소설은 '지누한' 작가의 현대 판타지 '강철의 사나이'였다.

그런데 이 지누한이라는 작가 역시 세 사람 모두에게 생소한 인물이었다.

하지만 소년D와 달리 지누한 작가의 정체는 채소다가 어느 정도 가늠할 수 있었다.

"지누한. 지누한. 지누한… 지누. 한지누. 한진우! 그럴싸하지?"

채소다가 손가락을 딱 튕겼다.

한진우 작가는 2년 전 장르 소설계에 등장해 주인공이 무적인 이른바 먼치킨물의 교과서라 불리는 글만 써온 인물이다.

먼치킨을 주로 쓰는 만큼 글 속의 시원시원함은 타의 추종을 불허할 정도였다.

"지누한 작가가 한진우 작가일 거라는 말이에요?"

김두찬이 묻자 채소다가 확신에 차 고개를 끄덕였다.

"응! 봐봐. 한진우라는 이름으로 검색되는 작가는 없어. 한진우 작가가 필명을 써서 참가한 게 맞을 거야. 그리고 1화 읽어봤는데 시작부터 먼치킨이었어."

"그럴듯하네요."

김두찬이 채소다의 의견에 동의했다.

하지만 주화란은 선뜻 이해되지 않는 부분이 있었다.

"근데… 이런 공모전에서는 네임밸류가 상당히 도움이 되잖아? 그럼 한진우라는 이름을 그대로 가져다 쓰는 게 낫지 않았을까? 왜 굳이 필명을 써?"

"어? 그러게?"

채소다가 멍한 얼굴로 머리를 긁적였다.

그러자 세차게 도리질을 하더니 미간에 세로줄을 만들고서 버럭 소리쳤다.

"지금 그게 중요한 게 아니야, 언니! 두찬이가 3위라는 게 중요한 거야!"

"응… 확실히 좀 놀라긴 했지. 그렇지만 봄날이랑 강철의 사나이를 읽어봤는데……."

주화란이 김두찬의 눈치를 슬쩍 살폈다.

그에 김두찬이 편히 얘기하라는 제스처를 취해 보였다.

"음… 개인적인 생각일 수도 있겠지만, 나는 현대영웅전보다 그 두 소설이 더 재미있었어요. 죄송해요, 김 작가님."

주화란이 어색하게 웃으며 고개를 살짝 숙였다.

김두찬은 그런 주화란에게 손사래 치며 말했다.

"그런 건 전혀 죄송할 일이 아니죠. 솔직하게 말해주는 게 저도 좋아요. 흠, 소다 누나."

"응?"

"누나도 두 소설 읽어봤죠?"

"응응!"

"어땠어요?"

"재미있었어. 엄청."

"내 소설보다?"

"으으… 인정하기 싫지만, 이건… 거의 넘사벽이라는 느낌이랄까? 두찬이 네 글도 1화에서 사람 확 끌어당기는 게 흡입력이 장난 아니었는데 강철의 사나이랑 봄날은… 그 이상이야."

"역시……."

"역시라니? 두찬이 너도 그렇게 생각해?"

"네. 저도 그 소설들 읽어봤거든요. 진짜 잘 썼더라고요."

"그렇지? 대박이지? 진짜 미친 거 아니야? 엄청 잘 썼더라! 둘 다 1화 보고 나서 가슴이 얼마나 뛰던지! 그런데 그 소설들이 두찬이를 밀어냈잖아! 으으으, 화나! 아니, 어떻게 하면 그렇게 쓸 수 있는 거야? 완전 부러워. 특히 봄날은 일반 소설인데도 읽는 내내 두근거렸어. 한순간에 훅 빠져 버렸다니까. 글 읽으면서 행복하다는 느낌을 받았거든. 헤헤. 그래도 그렇지, 왜 두찬이가 3위야!"

"…소다야. 즐거워하든지, 화내든지 하나만 하면 안 될까?"

채소다의 원맨쇼를 보던 주화란이 부담스러워하며 자제시켰다.

"아무튼! 두찬아, 너 괜찮아?"

"괜찮아요. 내 글이 항상 1등만 하라는 법도 없는 거고. 사실 현대영웅전은 전 글들에 비해 힘을 빼고 써서 순위는 더 떨어질 수도 있을 거라고 생각해요. 그리고 이게 맞죠. 글이 그만한 가치가 없는데도 네임밸류만으로 잘나가는 건 비정상적이잖아요."

"그렇긴 하지만……."

채소다는 자신의 일인 듯 김두찬을 걱정했다.

그게 김두찬은 고마웠다.

그리고 김두찬이 태연하게 행동하고 있었지만 그 역시도 순위에 완전히 초탈할 수는 없었다.

김두찬도 사람인 이상 늘 1등만 하다가 누군가에게 추월을 당하면 신경이 쓰이기 마련이었다.

게다가 무엇보다도 김두찬에겐 대상을 타야만 하는 이유가 있었다.

보너스 미션 때문이다.

올타임 공모전에서 대상을 차지하지 못하면 S랭크 이하의 무작위 능력 하나가 너프된다.

때문에 김두찬은 대상을 다른 사람에게 넘겨줄 마음이 없었다.

하지만 그런 각오를 다진 사람이라고 하기에는 순위에 너무 연연해하지 않는 모습을 보였다.

무언가 대책을 세워놨기에 가능한 반응이었다.

물론 그 대책이 무엇인지에 대해서는 누구에게도 말하지 않았다.

"그건 그렇고 소다 누나. 9위네요?"

"응. 점심에 올렸더니 집계가 늦게 되는 바람에 겨우 턱걸이했어."

"그랬는데도 9위면 대단한 거죠."

"그런가? 헤헤. 아! 화란 언니는 27위야."

"두 사람에 비하면 초라하지 뭐."

주화란이 얼굴을 붉히며 부끄러워했다.

하지만 수천 명 가까운 사람들이 참여한 공모전에서 27위나 했다는 건 대단한 일이었다.

김두찬은 10위권 내에 올라온 작가들의 이름을 살폈다.

그러자 유독 눈에 띄는 이름 하나가 눈에 들어왔다.

4위를 차지한 허지나 작가였다.

자타 공인 로맨스 소설계의 여왕인 만큼 어마어마한 파워를 보여주고 있었다.

"흠. 아무튼 우리 모두 더 분발하도록 해요. 파이팅!"

김두찬이 두 사람을 독려했다.

그때.

[진심도를 1포인트 얻었습니다. 직접 포인트 100이 적립됩니다.]

채소다의 진심도가 1이 올라 9로 변했다.

'오.'

이제 주화란과 채소다, 둘 다 진심도가 9였다.

1씩만 더 올리면 증강핵을 얻을 수 있었다.

김두찬은 무리해서 두 사람의 진심도를 얻으려 하지 않았다.

어차피 이들과는 살을 부비며 생활하는 입장이니 김두찬이 진심으로 아껴주며 대하면 절로 진심도가 올라갈 터였다.

"그럼, 이제 일하죠."

김두찬이 분위기를 전환시킨 뒤, 자기 자리에 앉아 글을 적어 나갔다.

　　　　　＊　　　　　＊　　　　　＊

다음 날.

"대체 뭐야?"

올타임 공모전 이틀째.

채소다는 아침 일찍 잠에서 깨자마자 공모전 글을 업로드하기 위해 올타임에 접속했다.

그런데 메인에 노출된 상위 10위권의 작품들 중 현대영웅전의 순위를 보고 할 말을 잃었다.

김두찬의 작품은 어제보다 세 계단 더 내려간 6위였다.

　　　　　＊　　　　　＊　　　　　＊

사이즈가 아무리 커도, 수많은 작가가 몰려와도 김두찬이 잘 쓰면 순위는 오르게 되어 있다.

그런데 순위가 계속 내려간다는 건 김두찬의 글에 문제가 있거나 김두찬보다 재미있게 쓸 줄 아는 작가들이 많이 참여했다는 것이다.

채소다가 김두찬이 올린 2화를 읽었다.

아무런 문제가 없었다.

1화보다 더한 재미가 있었다.

공모전 1위는 여전히 소년D 작가의 봄날이었고, 2위 역시 변함없었다.

그녀는 3, 4, 5위를 차지한 작품들을 전부 들어가 읽었다.

그러고서는 땅이 꺼져라 한숨을 쉬었다.

"미친 듯이 재밌다는……."

인정하기 싫지만 인정할 수밖에 없었다.

5위까지의 모든 작품이 김두찬의 작품보다 훨씬 재미있었다.

채소다는 뒤늦게 작가들의 필명을 살폈다.

그런데 이번에도 모든 작가들의 필명이 생소했다.

그리고 어제 4위까지 올랐던 허지나 작가는 10위권 밖으로 밀려났다.

주화란도 30위권으로 순위가 하락했다.

10위권 안에 있는 작가들 중 채소다가 아는 이름은 김두찬밖에 없었다.

그럴 수밖에 없었다.

채소다가 아는 작가들이라고 해봐야 장르 소설 테두리 안에서가 전부다.

한데 올타입 공모전엔 다양한 분야의 작가들이 지원을 했다.

10위권 안에 든 소설 대부분이 일반 소설인 만큼 채소다에겐 작가들의 필명이 낯선 게 당연했다.

"어떡하지, 두찬이. 이런 적 한 번도 없어서 은근 신경 쓰일 텐데."

채소다는 김두찬을 걱정하며 자신의 글 2화를 업로드한 뒤 고깃집으로 향했다.

＊　　　＊　　　＊

화요일은 학교 강의가 없는 날이다.

그런데 김두찬은 새벽부터 일어나 부지런히 집을 나섰다.

그는 작업실로 가지 않았다.

매니저도 부르지 않고 직접 차를 운전해 1시간가량 동네 이곳저곳을 돌아다녔다.

그리고 난 다음에서야 작업실로 출근을 했다.

주화란은 이미 잠에서 깨 집필을 하는 중이었다.

채소다는 아직 나오지 않았다.

한참 꿀잠을 자고 있을 시간이었다.

김두찬은 주화란과 인사를 주고받은 뒤, 자기 자리에 앉아 올타입의 순위를 확인했다.

'6위라.'

모니터에 시선을 박고서 깊은 생각에 잠긴 김두찬을 주화란이 몰래 훔쳐봤다.

말은 안 했지만 그녀도 채소다만큼 김두찬이 걱정됐다.

애초에 바닥에서부터 시작해 톱을 찍은 사람이라면 이렇게까지 걱정하지 않았을 것이다.

하지만 김두찬은 처음부터 톱을 찍었고, 여태껏 그래왔다.

그런 사람이 갑자기 그 자리를 빼앗기고 나면 상실감이 이만저만이 아닐 터.

김두찬이 팬히 공모전 때문에 마음 쓰다가 지금 집필 중인 다른 글까지 무너지는 게 아닌지 걱정됐다.

하지만 김두찬은 담담한 척을 하는 건지, 진짜 담담한 건지 별말 없이 자신의 글을 써나가기 시작했다.

*　　　　*　　　　*

삼진 그룹 회장 모진택은 이틀째 순항 중인 공모전 소식에 기분이 좋았다.

생각했던 것보다 많은 작가들이 참여했고, 그보다 많은 독자들이 공모전의 글을 읽었다.

1위를 하고 있는 소설 봄날 같은 경우 1화는 1만, 2화는 현재 3천의 조회 수를 기록하고 있었다.

겨우 2화만에 이런 성적을, 그것도 새로 론칭한 사이트에서 얻기란 힘든 일이었다.

그런데 그걸 해냈다.

"역시, 사업은 방어보다는 공격이지. 하하하."

모진택이 만족스러운 웃음을 흘렸다.

그리고서는 10위권 안에 머문 김두찬의 이름을 확인하고서 고개를 절레절레 저었다.

"쯧쯧. 천하의 김두찬도 여기에서는 힘을 쓰지 못하는군. 역시 환상서가 거품이 좀 많이 낀 사이트였나? 아니면 일반소설 좀 쓴다는 작가들이 칼 갈고 덤비니까 기를 못 펴는 건가? 뭐, 어느 쪽이든 상관없지."

김두찬 덕분에 올타입은 원하고자 했던 것을 얻었다.

그러니 김두찬이 힘을 쓰든 말든 이제는 크게 중요치 않았다.

공모전이 끝날때까지 남은 기간은 12일.

모진택은 이대로만 순풍을 타고 가주길 바랐다.

*   *   *

공모전이 진행될수록 상황은 계속 안 좋아졌다.

김두찬의 작품 현대영웅전은 공모전 진행 4일째 되는 날 7위로 마감하더니 다음 날은 8위로, 일주일이 지난 시점엔 9위까지 밀려났다.

다행히 그 바로 밑인 10위의 작품과는 평균 조회 수 차이가 심해서 10위권 밖으로 밀려날 일은 없을 듯했다.

하지만, 9위라는 성적 자체가 김두찬의 네임밸류엔 치욕적인 것이라고 독자들은 생각했다.

김두찬을 찬양하는 독자들은 사람들이 글의 진가를 몰라본다고 분개했다.

그러나 공평한 눈을 가진 사람들의 시각엔 9위가 맞는 성적이었다.

1위부터 8위까지의 소설들이 확실히 현대영웅전보다 더 재미있었다.

이건 김두찬의 부진이 아니었다.

김두찬은 여전히 재미있는 글을 쓰고 있었다.

다만, 대한민국에서 좀 나간다 하는 모든 분야의 작가들이 달라붙어 그 이상으로 재미있는 글을 서비스하기에 벌어진 일이었다.

타타타타타탁!

10월 29일, 일요일.

김두찬은 주말도 없이 작업실에 나와 타자를 두들기고 있었다.

주화란과 채소다는 그런 김두찬이 은근히 신경 쓰였다.

사실 올타임 공모전만 제외하면 김두찬이 손을 대는 일들은 전부 승승장구하는 중이었다.

채소다와 합작을 한 더 사가는 여태까지의 유료 연재 기록을 전부 갈아치웠다.

서로아와 합작을 한 숫자 이야기는 청도의 꿈보다 더욱 불타나게 팔리는 중이었다.

해외에 서비스 중인 몽중인과 적 시리즈의 판매고 역시 청신호가 켜졌다.

영화로 제작 중인 몽중인에 대한 소식은 정태조와 예몽진 감독에게 간간히 전화와 메시지로 듣는 중이었는데, 촬영장 분위기도 좋고 영상도 상당히 잘 나오는 모양이었다.

김두찬이 시나리오 작가와 캐릭터 원작자로 참여한 TV 방영 예정 애니메이션 내 친구 당끼 역시 아무 문제없이 무난하게 제작되는 중이었다.

그런데 유독 올타입 공모전에서만 그 괴물 같은 김두찬의 신화가 무너지는 느낌이었다.

하지만 김두찬은 이상하리만치 담담했다.

그게 주화란과 채소다를 더 불안하게 만들었다.

마치 폭풍 전야처럼.

*   *   *

작업실에서 집으로 돌아오는 길.

김두찬은 밴 안에서 한동안 연락이 뜸했던 김태영과 통화를 하는 중이었다.

김태영은 애니메이션 제작 회사 아이 프로덕션의 대표였다.

아이 프로덕션은 지금 내 친구 당끼를 제작 중이다.

"오래간만이에요, 김 대표님."

—작가님, 잘 지내셨죠?

"그럼요. 대표님은 별일 없으셨나요?"

—별일이 있었습니다. 그래서 전화를 드린 거고요.

"아… 그런가요?"

무언지 몰라도 사이즈가 제법 큰일인 것 같았다.

김태영은 애니메이션의 제작에 눈코 뜰 새 없이 바쁜 입장이었다.

본래 애니메이션에 참여하기로 한 작가가 손을 떼면서 제작에 차질이 생겼고, 그 바람에 제법 시간을 까먹었기 때문이다.

물론 김두찬이 대타로 들어오며 엎어질 뻔한 프로젝트를 살려주었지만 날려 버린 시간은 돌아오지 않았다.

아무튼 그런 연유로 일분일초를 전쟁같이 살고 있는 김태영은 안부나 묻기 위해 김두찬에게 전화를 할 여유가 없었다.

분명히 무언가 큰일이 터진 것이다.

제발 나쁜 일이 아니기를 바라며 김두찬이 물었다.

"무슨 일이 있는 겁니까?"

―내 친구 당끼 말입니다. 방영이 12월 예정이었는데 11월 초로 바뀔 것 같습니다.

"네? 어째서요?"

―원래는 유니버스에서 12월 방영 예정이었잖습니까.

"그랬죠."

―현재 일요일 아침에 방영 중인 '자연탐험대'가 11월 말 종영이고, 12월 초에 내 사랑 당끼가 그 자리에 들어가는 거였거든요. 그런데 자연탐험대가 4화 정도 단축 종영을 할 것 같아요. 제작사의 사정으로 급하게 마무리됐다고 하더라고요.

"그래요? 근데… 방영 시기가 앞당겨지면 방영 끝날 때까지 마지막 화 제작이 가능한가요?"

―가능합니다. 이번에 운이 따라주는지 작업하면서 잡음 한 번이 나오지를 않았어요. 감독님들도 콘티 짜면서 실수 없으셨고. 해서 벌써 영상은 42화까지 나왔고 더빙 입힌 건 12화까지 준비되어 있습니다! 애니메이션 주제가도 나왔는데 제가 메일로 보내 드릴 테니 한번 들어보세요. 아주 잘빠졌습니다.

그리 말하는 김태영의 목소리에는 힘이 실려 있었다.

작품에 대한 확신이 있는 것이다.

덕분에 김두찬의 기분도 좋아졌다.

"알겠습니다. 기대할게요. 그럼 정확한 방영일이 언제가 되는 거죠?"

─11월 5일. 아침 9시, 대망의 첫 방영입니다. 지인들에게 홍보 많이 부탁드릴게요.

"걱정 마세요. 그리고 저야말로 잘 부탁드리겠습니다. 고생 많으시겠지만 마지막까지 잘 이끌어주세요."

─그래야죠. 아무튼 그 소식 전해 드리려고 전화했습니다. 그럼 다시 전쟁터로 뛰어들어야 하는지라 이만 끊겠습니다.

"네. 들어가세요."

두 사람의 통화는 그렇게 끝났다.

타이밍이 기가 막히게도 그 무렵 밴은 김두찬의 집 앞에 도착해 있었다.

"고생했어요, 장 매니저님. 들어가서 쉬세요."

"네. 작가님도 고생 많으셨습니다. 내일 뵙겠습니다!"

힘차게 인사하는 장대찬의 머리 위에 뜬 진심도는 8이었다.

김두찬이 미소로 화답하며 밴에서 내렸다.

집에 들어오니 가족들은 거실에 모여 텔레비전을 시청 중이었다.

"왔니, 아들?"

"오빠! 이리 와서 같이 보자."

"그래, 지금 재미있는 거 한다."

심현미와 김두리의 호들갑에 김두찬이 무얼 보고 있나 텔

레비전으로 시선을 돌렸다.

한데 거기에서 나오고 있는 건 김두찬이 등장했던 진주 찾기 편 재방송이었다.

"윽, 이걸 왜 보고 있어요?"

갑자기 부끄러워진 김두찬이 저도 모르게 눈을 질끈 감았다.

"왜? 재미있기만 한데."

"오빠 저 때만 해도 조금 잘생긴 일반인이었는데. 몇 달 사이에 엄청 유명인이 된 거 실화냐고. 진짜 안 믿긴다니까."

심현미와 김두리는 계속해서 조잘댔고, 김승진은 그저 미소만 머금었다.

"셋이서 봐요. 저는 일이 있어서 올라갈게요."

2층의 자기 방으로 들어온 김두찬이 침대에 드러누워 천장을 바라봤다.

'근데 진짜… 진주 찾기 찍었던 때가 엊그제 같은데. 시간 참 빨리 지나간다.'

─두찬 님.

'응?'

─간접 포인트가 8천이나 쌓였답니다. 투자 안 하실 건가요?

'그다지 투자할 만한 곳이 없어서.'

이제 김두찬은 거의 모든 능력이 A 이상이었다.

A 이하의 능력은 악력과 운전밖에 없었는데, 거기에는 딱히

포인트를 투자할 필요성을 느끼지 못했다.

'아니지. 운전은… 필요하겠다.'

생각을 바꾼 김두찬이 운전에 간접 포인트 2,800을 투자했다.

[운전의 랭크가 C로 업그레이드됐습니다. 랭크 업 특전이 주어집니다. 운전 실력이 전 단계에 비해 15% 상승합니다.]

[운전의 랭크가 B로 업그레이드됐습니다. 랭크 업 특전이 주어집니다. 운전 실력이 전 단계에 비해 20% 상승합니다.]

[운전의 랭크가 A로 업그레이드됐습니다. 랭크 업 특전이 주어집니다. 운전 실력이 전 단계에 비해 25% 상승합니다.]

'이제 됐지.'

─현명한 판단이랍니다. 운전이라는 건 조금만 방심해도 큰 사고가 나기 마련이라죠. 혹은 아무리 조심해도 상대방이 들이받아 버리는 경우도 생기고요. 따라서 운전 실력이 높아지면 그만큼 두찬 님의 생명이 안전해지는 것이랍니다.

'응. 나도 그래서 올린 거야.'

김두찬이 누워 있던 몸을 일으켜 컴퓨터 앞에 앉았다.

그리고 올타임에 접속했다.

오늘은 9위로 마감을 하게 될 것 같았다.

그럼에도 김두찬의 얼굴에는 실망의 기색이 보이지 않았다.

오히려 즐거운 것 같았다.

김두찬은 순위에 오른 다른 글들을 읽어보기 시작했다.

그러다 문득 김태영 이사가 했던 말이 떠올랐다.

"아! 애니메이션 주제가."

김두찬이 얼른 메일에 접속했다.

이런저런 스팸 메일들을 지워 버리고 나니 김태영에게 온 메일 말고는 살려둘 메일이 없었다.

그가 메일을 눌러보려고 하는데, 그때.

"응?"

새로운 메일이 도착했다.

처음에는 스팸 메일인 줄 알았는데 제목을 보니 아니었다.

영어로 적힌 제목을 김두찬은 눈으로 읽으면서 바로 해석했다.

"나를… 만나러 오고 싶다고?"

김두찬이 영문 메일을 보낸 사람의 이름을 확인했다.

"샘… 레넌?"

Liking 81

올타입 시상식

샘 레넌이라는 이름을 처음 봤을 때, 그가 누구인지 김두찬은 선뜻 떠오르지 않았다.

샘 레넌을 모르는 건 아니었다.

다만, 그가 알고 있는 인물과 메일을 보낸 인물이 매칭되지 않았을 뿐.

하나 그것도 잠시.

김두찬의 동공이 크게 열렸다.

"혹시… 그 샘 레넌?"

샘 레넌은 한국에서 판타지와 로맨스 장르의 거장으로 알려져 있다.

하지만 실상 미국에서는 어떠한 장르든 무리 없이 소화하는 올 라운더 감독으로 유명하다.

김두찬은 얼른 메일의 내용을 읽어나갔다.

전문이 영어로 적혀 있었으나 해석하는 데 어려움은 전혀 없었다.

김두찬은 그동안 시간이 날 때마다 도서관에 다녔다.

거기서 기억력의 힘으로 잡다한 서적은 물론 각국의 언어 사전 또한 기억했다.

이후 기억한 내용들을 지력의 힘을 발동시켜 자신의 것으로 만들었다.

때문에 그는 세계 각국, 능통하지 않은 언어가 없었다.

김두찬이 읽은 메일의 전문은 이러했다.

안녕하십니까, 김두찬 작가님.

나는 미국의 영화감독 샘 레넌이라고 합니다.

당신의 소설 몽중인과 적 시리즈를 무척 재미있게 읽었습니다.

특히 주인공이 과거로 회귀해 절친의 입장으로 되살아난다는 적의 설정은 대단히 흥미로웠습니다.

몽중인의 경우 결말이 참 충격적이었어요.

설마 단순한 판타지 로맨스 장르에 그토록 놀라운 반전이 감추어져 있으리라고는 생각지 못했습니다.

세 권의 책을 모두 읽고 나서 나는 당신에게 당장 메일을 보내야겠다고 마음먹었습니다.

그리고 당장 그것을 실천하는 중입니다.

메일 주소를 어떻게 알았냐고 묻지는 말아주세요.

알아내느라 상당히 애를 먹었습니다.(책날개 부분에 적혀 있는 걸 못 찾아 딸아이가 찾아주었습니다. 하하.)

혹시 내가 만든 영화를 접한 적이 있을지 모르겠습니다.

난 영화를 만들 때 장르의 제한을 두지 않습니다.

어떠한 장르든 내가 재미있다고 느낀 것이면 일단 덤벼듭니다.

재미있게도 그렇게 완성된 작품 중 흥행에서 실패한 경우는 단 한 번도 없습니다.

행운의 여신이 날 가호하고 있냐고요?

천만에요!

오로지 내 실력과 감각으로 이루어낸 결과물입니다.

그 작품들은 모두 내가 창조한 내 세상 속, 내 자식들입니다.

내가 창조주인데 다른 신의 가호라니 이보다 재미없는 농담이 어디 있겠습니까?

이쯤 되면 내가 왜 메일을 보낸 건지 짐작이 되리라 생각합니다.

김두찬 작가님.

나는 당신의 소설을 영화로 만들어보고 싶습니다.

개인적으로 할리우드에서 작업하는 것이 편하지만 당신이 원한다면 충무로에서의 작업도 고려해 보겠습니다.

물론 그렇게 될 경우 한국인 배우를 캐스팅할 겁니다.

어느 쪽이든 상관없습니다.

나는 이 소설을 멋진 영화로 만들 것이고 반드시 흥행시킬 자신이 있습니다.

하지만 그 전에 우선 당신을 만나보고 싶습니다.

이런 글을 만들어내는 사람은 어떤 사람인지 무척이나 궁금합니다.

만약 나와의 만남을 원한다면 답장을 보내주세요.

조속히 한국으로 찾아가겠습니다.

메일을 다 읽고 난 김두찬의 머리끝에서부터 발끝까지 전율이 짜르르 흘렀다.

"샘 레넌이… 메일을 보낼 줄은……."

―상상도 못 했죠?

로나가 갑자기 끼어들었다.

'응.'

해외에 김두찬의 책이 팔리기 시작한 지 얼마 되지도 않은 시점이었다.

일단은 해외에서 어느 정도만 팔려주어도 다행이겠다 생각했던 김두찬이다.

그런데 그 바닥에서 가장 잘나가는 감독 중 한 명에게 다이렉트로 연락이 왔다.

실로 놀라지 않을 수가 없는 일이었다.

─그게 다 두찬 님의 모든 능력이 시너지 효과를 일으켰기에 가능한 일이랍니다.

'내 능력들이? 음… 그렇겠네.'

기본적으로 스토리텔링에 자각몽, 상상력, 문장력의 힘이 완성도 있는 소설을 만들어준다.

때문에 샘 레넌이 소설을 접하기만 한다면 그의 창작 욕구를 끌어내는 데는 충분할 터였다.

하지만 김두찬의 소설이 샘 레넌의 손에 들어가기까지의 과정이 험난할 수도, 그 시간이 오래 걸릴 수도 있는 일이었다.

이를 단축시켜 준 것은 김두찬의 '운'이라는 능력 덕분이었다.

'할리우드 감독이 내 글에 러브콜을 보내왔어. 이건… 꿈이 아니야.'

김두찬은 스스로에게 되뇐 뒤, 샘 레넌에게 답장을 작성해 보냈다.

타타타타타탁!

그의 손끝에서 능숙한 영문장이 줄줄 흘러나왔다.

샘 레넌에게 보낸 답장의 분량은 제법 컸지만 핵심은 간단했다.

'샘 레넌의 제의를 환영하는 바이며, 언제고 당신이 원할 때 한국에 오면 두 팔 벌려 마중 나가겠다'.

김두찬은 작성한 메일의 내용을 한 번 더 살핀 뒤 전송 버튼을 눌렀다.

그리고 당장 소속사 대표이자 정미연의 아버지인 정태산에게 전화를 걸었다.

신호음이 한참을 울리는데 정태산은 전화를 받지 않았다.

그제야 김두찬은 지금 시간이 살짝 늦었음을 깨닫고 얼른 전화를 끊으려 했다.

정태산은 밤잠이 좀 이른 편이었다.

한데.

―음… 김 작가. 이 밤중에 무슨 일인가.

스마트폰 너머에서 정태산의 꽉 잠긴 음성이 들려왔다.

자다가 깬 모양이었다.

"아, 대표님. 깨워서 죄송해요. 일단 주무세요. 내일 다시 연락드릴게요."

─아니야. 김 작가가 이 시간에 전화를 할 정도면 뭔가 일이 있어도 있는 걸 테니까. 말해보게. 무슨 일인가?

"그게……."

김두찬은 방금 전, 자신에게 벌어진 일에 대해 간략히 설명했다.

그러자 정태산은 한동안 멍해져서 아무런 말이 없었다.

김두찬이 메일을 읽었을 때와 비슷한 상황이었다.

겨우 정신을 차린 정태산이 살짝 상기된 음성으로 물었다.

─그러니까… 할리우드 영화 감독 샘 레넌이 직접 메일을 보내왔다는 말인가?

"네."

─누가 장난친 건 아니고?

이미 답장을 보내기 전, 샘 레넌 감독의 메일 주소가 정확한 건지에 대해서도 조사를 해본 김두찬이었다.

"그런 건 아니에요. 확실히 조사했어요. 샘 레넌 감독의 메일 주소가 맞습니다."

─그래?

"네."

─하, 하하! 하하하하! 으하하하하하하하!

정태산이 대소했다.

자신이 만든 소속사에 몸담고 있는 작가의 작품을 샘 레넌이 영화로 제작하길 희망한다고 했다.

그게 무슨 의미인가?

플레이 인의 주가가 어마어마하게 높아질 거라는 것이라는 얘기다.

'금송아지를 들였구나! 금송아지를 들였어!'

안 그래도 김두찬은 이미 플레이 인의 주가를 상당히 올려주었다.

그의 행보 하나하나가 파격적인 데다가 그가 내는 소설들이 하나같이 대박을 치니 이는 당연한 수순이었다.

덕분에 정태산은 김두찬을 진심으로 아끼고 있었다.

게다가 정미연에게 가끔 김두찬에 대해 물어볼 때면 잘 만나고 있다며 행복한 미소를 머금곤 했다.

정태산은 자신의 딸이 진정 사랑받고 있다는 느낌을 받았다.

이래저래 정태산에게는 김두찬이 다른 소속 연예인들보다 더 예뻐 보일 수밖에 없었다.

김두찬이라는 이름만 들어도 입꼬리가 올라갈 정도였다.

그런데 그 김두찬이 이번에는 세계적인 감독의 러브콜을 물어왔다.

정태산은 당장 달려가서 김두찬을 업어주고 싶은 심정이

었다.

한참 동안 이어지던 정태산의 웃음소리가 겨우 멎었다.

─이보게, 김 작가.

"네, 대표님."

─내가 자네한테 얼마나 고마워하는지 알고 있는가?

정태산이 애정을 가득 담아 말했다.

김두찬은 망설임 없이 대답했다.

"알고 있어요."

정태산은 김두찬의 가족 행사를 전부 거하게 챙겨주었다.

매번 명절마다 받기 부담스러울 정도의 선물을 보내는 건 기본이었다.

게다가 종종 김두찬의 가족을 모시러 와 식사를 대접하기도 했다.

이래저래 여러 가지 일로 바쁜 정태산의 입장에서 이건 지극한 정성이었다.

물론 김두찬의 가족들은 자신의 아들이 사귀고 있는 여인이 누구인지에 대해서 충분히 알고 있었다.

때문에 정태산과 김두찬 부모님의 식사 자리는 상견례 자리로 인식될 만했다.

그러나 정태산은 거기에 대해서는 선을 딱 그었다.

이것은 상견례가 아니라 오로지 김두찬을 아끼는 자신의

마음 때문이라는 것이라 못 박았다.

이는 정태산이 김두찬을 아직 사위로 받아들이기 싫어서가 아니었다.

정태산의 입장에서는 김두찬과 정미연이 백년가약을 맺는 다면 두 손 들고 환영할 일이었다.

오히려 그는 김두찬 부모님의 입장을 난처하게 만들기 싫었던 것이다.

어찌 되었든 이런 정태산의 정성을 보아온 김두찬은 그의 마음을 익히 아는 바였다.

─샘 레넌과 약속이 잡히면 나도 같이 만나봤으면 하네만, 어떻겠는가?

"저야 좋죠. 한데 샘 레넌 본인의 의사가 가장 중요할 테니 답장이 오면 제가 한번 제안해 보도록 할게요."

─그래, 그래. 알겠네. 김 작가. 정말 고맙네.

"저도 늘 감사한 마음입니다."

─그럼 좋은 소식 기다리겠네.

"깨워서 죄송했어요. 주무세요."

김두찬은 기분 좋게 통화를 끝낸 뒤, 이번에는 아띠 출판사 선우동 이사와 민중식 대표에게 메시지를 보냈다.

그러자 대번에 민중식에게 전화가 왔다.

민중식의 반응 역시 정태산과 크게 다를 바가 없었다.

김두찬이 잘되는 것은 곧 아띠 출판사의 호재였다.

그러니 샘 레넌의 러브콜이 어찌 안 반가울 수 있겠는가?

민중식은 당장 선우동을 데리고 축배라도 들러 가겠다며 호들갑을 떨었다.

하지만 김두찬은 연재 글에, 공모전에, 써야 할 글이 많다는 말로 그를 말렸다.

민중식은 아쉽지만 김두찬을 배려해서 만남을 다음으로 미뤘다.

소식을 전해야 할 사람들에게 다 전했으니 이제 김두찬은 다시 집필 작업에 들어가기로 했다.

"더 사가는 비축분이 제법 있고."

그가 현대영웅전의 폴더를 열었다.

현대영웅전 역시 상당한 비축분이 쌓인 상태였다.

하지만 거기에 만족하지 않고 김두찬은 계속해서 뒷부분을 적어나갔다.

그렇게 2시간여가 흐른 뒤.

'후우.'

김두찬은 얼얼한 손을 꾹꾹 주물렀다.

쉬지 않고 타자를 두들기다 보니 요즘엔 자주 손가락이 아프곤 했다.

'약을 챙겨먹어야 하나?'

고민을 하던 김두찬은 순간 좋은 생각이 떠올랐다.

'아… 치료!'

김두찬에게는 모든 상처와 병을 치료해 주고 만독을 정화시키는 치료 능력이 있었다.

'이걸 여태 왜 생각 못 했지?'

김두찬은 당장 치료의 능력을 발동시켰다.

그러자 맑고 청아한 기운이 손가락 전체로 퍼져 나갔다. 이어 저릿하던 손가락이 거짓말처럼 멀쩡해졌다.

'이거 진짜 좋은데?'

본인에게 사용하는 치료는 하루에 한 번씩 사용 가능하다.

매일매일 손가락에 치료의 힘을 흘려보내 주면 관절이 상하는 일은 막을 수 있을 터였다.

김두찬이 손가락을 부드럽게 풀고서는 현대영웅전 원고를 끄고 또 다른 원고를 켰다.

원고의 내용은 제법 진행이 되어 있었다.

한데 그건 더 사가도 현대영웅전도 아닌 전혀 다른 글이었다.

김두찬은 묘한 웃음을 머금고서 빠르게 원고의 뒷부분을 채워 나갔다.

타타타타타탁!

＊　　　　＊　　　　＊

"후아."

김두찬이 숨을 몰아쉬며 시계를 확인했다.

7시 3분.

5시간 동안 한숨도 쉬지 않고 글을 두드렸다.

ㅡ또 밤새우셨네요. 충분한 수면은 건강을 위해 필수적인 요소랍니다.

건강에 대해서는 좀체 말을 하지 않던 로나가 갑자기 그런 말을 툭 던졌다.

'지금 내 건강 생각해 주는 거야?'

ㅡ그럼요. 치료의 힘을 너무 맹신하지 마세요. 가장 좋은 건 치료하기 전에 예방하는 거랍니다.

'로나가 그런 부분까지 생각해 주니까 기분 묘하네.'

로나는 더 이상 말이 없었다.

김두찬은 요즘 들어 로나가 세심한 부분까지 챙겨주고 있다는 느낌을 간혹 받았다.

아울러 전처럼 딱 부러지거나 딱딱하기만 했던 태도도 많이 부드러워졌다.

그로 인해 로나가 조금 더 사람처럼 느껴지는 김두찬이었다.

'알았어. 앞으로 잠은 충분히 자두도록 할게. 그건 그렇고… 이제 나가봐야겠다.'

김두찬은 화장실에 들어가 빠르게 샤워를 마치고 집을 나섰다.

오늘도 그는 장대찬을 부르지 않고 직접 차를 운전해 동네 구석구석을 돌아다녔다.

＊　　　＊　　　＊

11월 4일 토요일.

올타입 공모전도 막바지를 향해 달려가고 있었다.

이제 하루만 지나면 올타입 공모전이 끝난다.

5일 전부터 1위부터 10위까지의 순위는 변함이 없었다.

1위는 여전히 소년D의 봄날이었다.

2위가 지누한 작가가 집필한 강철의 사나이, 그 밑으로 죽 내려다가다 9위가 김두찬의 현대영웅전이었다.

겨우 10위권 안에 턱걸이를 한 소설은 김승진 작가의 스릴러 '나는 거기 없었다'였다.

타타타타탁.

김두찬은 여전히 소설을 집필하느라 정신이 없었다.

오늘은 토요일인 만큼 작업실에서 오래도록 집필을 해도 상관없었다.

하지만 김두찬은 오늘 아예 작업실로 향하지 않았다.

요즘 자신이 작업실만 가면 분위기가 영 불편해졌기 때문이다.

채소다와 주화란은 필요 이상으로 김두찬의 기분을 살폈다.

김두찬이 정말 아무렇지 않게 담담히 있어도 그 모습이 연극이라도 되는 양 믿지를 못했다.

두 사람은 여전히 김두찬이 9위에 머물러 있다는 걸 믿을 수가 없었다.

그들에게 김두찬은 이미 잘나가는 작가, 그 이상의 존재였기 때문이다.

해서 김두찬은 작업실에 있기가 불편했다.

그렇다고 마냥 집구석에서 혼자 틀어박혀 글을 쓰는 것도 좀 심심했다.

결과적으로 김두찬이 찾은 곳은 플레이 인의 사무실이었다.

그곳에는 놀고 있는 컴퓨터가 두 대나 있었다.

컴퓨터의 성능도 글만 쓰기에는 미안할 만큼 상당했다.

게다가 여름엔 시원하고 겨울에 따뜻했다.

작업을 하다 입이 심심해지면 탕비실에서 과자나 라면 같은 것을 마음대로 먹을 수 있었다.

김두찬에게는 그 이상 좋을 수가 없는 작업 환경이었다.

김두찬은 미리 정태산에게 전화를 해 작업실에 자리 하나만 빌려도 되겠느냐 물었다.

정태산은 흔쾌히 이를 허락했고, 김두찬은 오전부터 출근해서 해가 떨어지는 저녁 무렵까지 키보드를 두들기는 중이었다.

그런 김두찬의 모습을 사무실의 모든 사람들은 일을 하다말고 자주 힐끔거리며 훔쳐봤다.

특히 남자들보다 여자들의 시선이 더욱 많이 갔다.

'진짜 조각이다.'

'어쩜… 사람이 저렇게 생길 수가 있지?'

'대표님 따님만 아니었으면 내가 그냥 확!'

'모른 척하고 들이밀어 봐? 골키퍼 있다고 골 안 들어가란 법 있어?'

'아… 대표님 딸 부럽다.'

'이따 밤에 뭐 하냐고 물어볼까? 시간 괜찮으면 술이라도 한잔……'

'헤에, 오늘 하루 종일 눈 호강하네.'

'우리 아들도 저렇게 컸으면 좋겠는데.'

여자 사원들은 김두찬을 보고 저마다 이런저런 생각을 하며 흐뭇해했다.

김두찬은 그런 줄도 모르고 여전히 글을 집필하는 데만 집중했다.

하도 김두찬이 무섭게 집중하고 있어서, 여자 사원들은 사심을 키우면서도 쉽게 접근할 수가 없었다.

오후 7시.

퇴근 시간이 조금 넘어서야 김두찬은 비로소 손을 멈췄다.

그는 오늘 하루 동안 세 가지 글을 썼다.

더 사가와 현대영웅전, 그리고 올타임 공모전 10위에 오른 글인 나는 거기 없었다, 였다.

그랬다.

김승진이라는 건 김두찬이 또 다른 아이디로 가입한 유령 작가였다.

김두찬은 이 유령 작가의 필명으로 자기 아버지의 이름을 빌린 것이다.

"후우."

김두찬이 한숨을 쉬며 기지개를 켰다.

오늘을 끝으로 비로소 힘들었던 길고 긴 여정이 끝났다.

마음속에 여유가 깃들자 그것이 그의 얼굴에서 고스란히 드러났다.

이를 본 여자들이 기회를 놓치지 않고 서서히 다가오려 하고 있었다.

　그때.

　또각. 또각. 또각. 또각.

　유난히 힘 있는 구두 소리가 사무실 안에 울려 퍼졌다.

　그에 사람들의 시선이 저도 모르게 소리가 들려오는 쪽으로 향했다.

　순간 구두의 주인을 확인한 여자들은 김두찬에게 다가서려던 발걸음을 일제히 돌렸다.

　반대로 남자 사원들은 입을 헤 벌리고서 구두의 주인을 넋놓고 쳐다봤다.

　또각. 또각. 또각. 또각.

　사람들이 자신을 보거나 말거나 당당하고 리드미컬하게 김두찬의 곁으로 다가간 이는 다름 아닌 정미연이었다.

　"두찬 씨. 글 많이 썼어?"

　"응. 오늘은 더 안 써도 돼."

　"그래? 나도 오늘 계속 한가한데."

　정미연의 말에 김두찬이 일어서서 팔을 살짝 열었다.

　"그럼 데이트할까?"

　"받아줄게."

　정미연이 미소와 함께 김두찬이 벌린 팔 사이로 팔짱을

졌다.

두 사람은 사랑 가득한 눈동자를 주고받으며 사무실을 나섰다.

그런 둘의 등 뒤로 사무실 모든 사람들의 부러운 시선이 쏟아졌다.

*   *   *

김두찬과 정미연은 회사 근처 식당에서 저녁을 먹으며 가볍게 술 한잔을 나눴다.

한 잔 두 잔 술이 들어가기 시작하자 정미연이 넌지시 물었다.

"두찬 씨, 요즘 어때? 괜찮아?"

"뭐가?"

"올타입 공모전. 등수가 말이 안 되더라."

"아, 그거……."

김두찬이 뭔가 말을 꺼내려 했다.

한데 정미연이 이를 잘랐다.

"그런데 또 말이 되더라."

"무슨 소리야?"

"바쁜 와중에도 거기에 올라오는 글들 틈틈이 읽어봤거든.

그런데 재미있었어. 이런 말 하면 기분 나쁠지 모르겠지만 두찬 씨가 쓴 현대영웅전보다 더. 1위부터 8위까지의 모든 글들이 다 그렇더라고."

김두찬은 그 말에 크게 개의치 않고 수긍했다.

"나도 그렇게 생각해."

"정말?"

"응."

"화나거나, 기분이 상한다거나, 뭐 그런 거 없어?"

"재미있는 거 하나 알려줄까?"

"뭔데?"

"올타임 공모전에서 10위에 랭크된 글은 읽어봤어?"

"아니. 난 8위까지만 읽었어. 내 애인을 밟고 올라선 글들이 과연 그럴 만한 가치가 있는 건지 보자는 오기가 들어서. 결과적으로… 재미있었고. 그러니까 말이 된다는 거야. 두찬 씨 글보다 재미있으니까 더 높은 곳에 있는 거겠지. 그런데 또 말이 안 돼. 아니, 이건 어쩌면 내가 글에 대해 잘 몰라서 그렇게 느끼는 것일지도 모르지만."

"뭐가 말이 안 되는데?"

"두찬 씨, 이 바닥에서는 흥행 보증수표잖아. 판타지뿐만 아니라 일반 문학에서도 인정하는 분위기고. 요즘에 두찬 씨 책만큼 팔리는 것도 없고. 그런데 그런 두찬 씨보다 잘 쓰는 작

가들이 갑자기 저렇게 많이 나타났다는 게 이상해. 말이 안
되는 것 같아."

"세상은 넓고 고수는 많으니까. 그건 그렇고 내가 재미있는
거 하나 말해주겠다고 했잖아."

"응. 말해봐."

"10위에 랭크된 글. 그것도 내가 쓴 거야. 작가 이름이 김승
진이라고 되어 있잖아. 우리 아버지 성함이야."

"…그래도 돼?"

그리 묻는 정미연을 바라보며 김두찬이 개구쟁이 같은 미소
를 머금었다.

"근데 더 재미있는 거 말해줄까?"

"응. 듣고 싶어."

김두찬이 정미연의 귀에 입을 가까이 가져갔다.

그리고 몇 마디를 건넸다.

이야기를 듣는 정미연은 눈을 크게 뜨고 놀라는 듯싶다가
이내 깔깔대며 웃음을 터뜨렸다.

한참 동안 웃던 정미연이 김두찬의 뺨에 입을 맞췄다.

쪽!

"이건 무슨 의미야?"

김두찬이 묻자 정미연이 바로 대답했다.

"넌 평생 내 거라고 도장 찍은 거야."

"고마워."

"나도 고마워. 즐겁게 해줘서. 하루 동안의 피로가 싹 풀리는 것 같아. 그래서 시상식은 언제야?"

"아직 몰라. 내일 공모전이 끝나니까 그때 공지해 주겠지."

"공지 뜨면 얘기해 줘. 아들이 9등, 아버지가 10등을 했으니 꽃 두 다발 들고서 찾아갈게."

"놀리지 마."

"흐흣."

두 사람은 그쯤에서 올타입에 대한 이야기를 접었다.

그러고는 서로에 대해 대화를 나누며 긴 밤을 채웠다.

*   *   *

정미연의 오피스텔.

서서히 동이 터오는 시각, 김두찬은 눈을 떴다.

그는 푹신한 침대에 누워 있었고 그의 옆엔 정미연이 단잠에 빠진 채였다.

김두찬이 그런 정미연의 얼굴을 한참 바라봤다.

화장기가 전혀 없음에도 어디 하나 모난 곳 없이 예쁘기만 했다.

머리카락이 엉키고 입에서 살짝 침이 흘렀지만 그마저도

아름다운 여인이었다.

'이런 모습은 나밖에 볼 수 없겠지.'

김두찬이 정미연의 입가에 흐른 침을 슥 닦아주었다.

정미연이 입맛을 다시며 고개를 옆으로 돌렸다.

김두찬은 피식 웃고서 상체를 천천히 일으켰다.

'오늘이다.'

드디어 올타입 공모전이 끝나는 날이 찾아왔다.

몇 시간 후면 공모전에 참가한 작품들의 마지막 한 편이 연재된다.

그리고 12시간이 더 지나면 승패가 가름 난다.

김두찬은 이미 연재 예약을 해두었기에 오늘은 좀 느긋할 수 있었다.

오전 8시가 되면 그가 예약을 걸어둔 글들이 저절로 업로드될 터였다.

'상태창.'

김두찬이 상태창을 열었다.

그동안 집필에 신경 쓰느라 상태창을 자주 확인하지 않았다.

직접 포인트가 3,728, 간접 포인트가 10,600, 증강핵이 하나였다.

그리고 모든 능력치는 A 이상이었다.

유일하게 A가 아니었던 악력도 얼마 전 남아도는 간접 포인트를 투자해 A랭크까지 끌어올렸다.

'흠.'

김두찬은 상태창을 살펴보다가 입맛을 쩝 다셨다.

'간접 포인트가 너무 많이 남아도는데.'

간접 포인트는 A 이하의 랭크에만 투자가 가능하다.

한데 요새는 글에만 집중하느라 새로운 사람들을 만날 겨를이 없었다.

그렇다 보니 타인의 호감도를 100까지 만들지 못했고, 새로 얻은 능력 또한 없었다.

'이러다가 8일 되면 리셋되어 버리는 거 아냐?'

매달 8일, 사용하지 못한 간접 포인트는 전부 리셋되어 버린다.

김두찬이 걱정하고 있자니 로나가 말을 걸어왔다.

―당연히 아깝죠. 하지만 사라지기 전에 다른 식으로 전환시키는 방법도 있으니 걱정하지 않아도 된답니다.

'어떻게?'

―인생 역전 게임도 후반부를 향해 달려가고 있으니 특별히 마련한 게 있답니다. 바로 포인트 상점!

'포인트 상점? 그런 게… 원래 있었어?'

―있긴 했는데 별로 실용적이지 못할 것 같아서 알려 드리

지 않았답니다. 그런데 이렇게까지 간접 포인트가 남아돌 줄은 몰랐네요. 딱히 사용할 곳이 없다면 잘 모아두셨다가 포인트 상점에서 탕진하도록 하세요.

'포인트 상점이라는 게 정확히 뭘 파는 건데?'

─그건 그때 가서 설명해 드릴 예정이랍니다.

'흠. 알았어.'

확실한 답을 듣고 싶었지만 어쨌든 간접 포인트를 그대로 날리지 않을 방편이 생긴 터라 마음이 좀 놓였다.

─직접 포인트와 증강핵은 투자 안 하실 건가요?

'나중에. 아직 일러.'

─그렇죠. 지금은 조금 이르죠.

김두찬은 잠든 정미연의 얼굴을 어루만지고서 화장실로 들어가 샤워를 했다.

몸을 씻어내고 나왔을 즈음엔 어느새 깨어난 정미연이 우유에 시리얼을 말아 그에게 내밀었다.

"시리얼로 해장해 봤어?"

"아니."

"나름 괜찮아."

"누가 말아준 건데, 어련하려고."

김두찬은 정미연과 시리얼을 먹으면서 시간을 보냈다.

그리고 드디어 아침 8시가 되었다.

10위권 안에 든 소설들의 새 글이 일제히 올라왔고 올타임에서의 마지막 경연이 벌어졌다.

하지만 김두찬은 이를 잊은 사람처럼 거기엔 신경도 쓰지 않고서 정미연과 꿀 같은 일상을 보냈다.

*   *   *

"하하하! 이렇게 되는구먼!"

삼진 그룹 모진택 회장은 공모전 마지막 날 성적을 보고서 기분 좋게 웃었다.

"작가들이 눈에 불을 켜고 달려들면 김두찬도 별거 아니라니까!"

모진택이 공모전의 상위권 작품들을 죽 훑었다.

동시에 그의 머릿속에 계산기가 마구 두들겨졌다.

1위를 한 작품은 평균 조회 수가 4만을 넘어섰다.

2위 작품도 비슷한 수준이었고, 3위부터 5위까지는 3만, 6위부터 9위까지는 2만, 10위부터는 1만대였다.

신생 플랫폼치고 상당한 성적을 낸 편이었다.

공모전에 수상한 작품들을 유료 연재로 돌려 버리면 어마어마한 수익이 창출될 것은 불 보듯 뻔한 일이었다.

사실은 김두찬 작가가 1위를 해주는 것이 모진택의 그림이었다.

그는 항상 감히 다른 작가가 따라오지 못할 괴물 같은 성적을 보여주었으니, 그만 잡는다면 소설 연재 플랫폼의 최강자라는 타이틀은 환상서에서 올타입으로 넘어올 것이라 생각했다.

물론 당장 그리되긴 힘들더라도 이번 공모전처럼 갖은 수를 써서 차츰차츰 김두찬을 깊게 끌어들이고 그와 함께하는 독자들도 끌어들일 셈이었다.

그런데 올타입에는 김두찬을 능가하는 작가들이 많았다.

아직 유입된 독자들이 환상서보다 적기에 평균 조회 수가 상대적으로 낮을 뿐.

만약 비슷한 수의 독자를 유입하고 있다면 1, 2위를 한 글은 평균 이삼십만의 조회 수가 분명히 나왔을 것이라 장담하는 모진택이었다.

하나 그것은 곧 머지않은 미래의 일이 될 것이다.

모진택의 머릿속에 떠올랐던 계산기가 사라지고 꽃밭이 펼쳐졌다.

'지금까지 그래왔던 것처럼, 앞으로도 꽃길만 걷자.'

모진택은 즐거운 상상을 하며 콧노래를 흥얼거렸다.

* * *

그 시각.

김두찬은 정미연과 함께 다큐멘터리를 보고 있었다.

다큐멘터리에서는 농부 한 명이 일궈야 할 밭 위를 걷는 모습이 흘러나오고 있었다.

농부의 얼굴 아래엔 '모성민'이라는 이름과 함께 37이라는 나이가 표기되었다.

그런 농부의 모습 위로 성우의 내레이션이 깔렸다.

―농부 모 씨는 오늘도 흙 밭을 걷고 있습니다.

*　　　*　　　*

지이이이잉―

정미연과 침대에 누워 다큐멘터리를 보고 있던 김두찬의 스마트폰에서 진동이 왔다.

"응? 김태영 대표님이네."

김두찬이 별생각 없이 문자를 확인했다.

그런데 문자의 내용을 보고서 눈이 휘둥그레졌다.

―김 작가님. 오늘 오전 9시! 내 친구 당끼 첫방인 거 알고 계시죠? 꼭 본방 사수하셔야 합니다! ^^*

"아, 맞다! 미연아, 리모컨!"

김두찬의 호들갑에 정미연이 킥킥대며 리모컨을 건넸다.

"두찬 씨답지 않게 왜 그래?"

김두찬은 대답 대신 리모컨 버튼을 눌러 유니버스 채널을 틀었다.

한데 기가 막히게도 그 타이밍에 딱 맞춰서 내 친구 당끼의 오프닝 곡이 시작되고 있었다.

이를 본 정미연이 김두찬의 어깨를 살짝 터치했다.

"맞다. 오늘 내 친구 당끼 첫 방영 날이었지?"

"하아, 김 대표님 문자 아니었으면 모르고 지나갈 뻔했어."

김두찬이 안도의 숨을 내쉬고서 오프닝 곡에 집중했다.

정미연도 흥미진진하게 오프닝 곡을 감상했다.

그러다 노래가 끝날 때쯤 저도 모르게 한마디를 내뱉었다.

"와, 좋다."

"그렇지?"

"응. 상당히 잘빠졌네. 애들이 많이 따라 부를 것 같아. 내 친구 당끼~ 내 친구 당끼~"

정미연이 노래의 후렴 부분을 따라 불렀다.

한 번 들었는데도 멜로디가 귀에 쏙쏙 들어왔다.

아이들에게는 이보다 더 좋은 노래가 없었다.

오프닝 곡이 끝나고 광고 세 편이 흘러간 뒤, 애니메이션이 시작됐다.

　김두찬과 정미연은 괜스레 경건한 마음이 들어 집중해서 애니메이션을 시청했다.

　애니메이션의 첫 장면은 당끼가 자신을 소개하는 컷이었다.

　—안녕, 친구들! 난 당끼라고 해!

　"와."

　당끼가 성우의 목소리를 빌려 대사를 말하는 순간, 김두찬은 절로 탄성을 흘렸다.

　김두찬이 그려서 탄생시킨 캐릭터와 글로 적었던 대사에 생동감이라는 것이 더해졌다.

　그건 보는 것 그 자체만으로도 감동이었다.

　김두찬 못지않게 정미연도 감탄을 금치 못했다.

　한데 김두찬과는 조금 다른 의미의 감탄이었다.

　'애들 보는 애니메이션치고는 연출이 상당한데? 자체적 퀄리티도 높고.'

　한국에서 만드는 애니메이션이 극장판이 아님에도 이 정도로 완성도 있게 만들어지다니.

　정미연은 이 프로젝트의 투자자인 자신의 아버지, 정태산이 얼마나 많은 금액을 여기에 쏟아부었는지 짐작할 수 있었다.

하여튼 손을 안 댔으면 말았지, 댈 거라면 확실하게 질러 버리는 정태산이었다.

'이래서 아빠가 좋아.'

정미연의 입가에 미소가 번졌다.

                    *   *   *

20분이라는 시간이 금방 흘러갔다.

김두찬은 애니메이션이 끝나가는 시점까지 완전히 푹 빠져 있다가 급히 스마트폰을 들었다. 그리고 카메라를 켰다.

정미연은 김두찬이 뭘 하려는 건가 싶어 가만히 지켜봤다.

애니메이션이 끝나고 엔딩곡이 흘러나왔다.

김두찬은 천천히 바뀌는 엔딩 크레디트을 보다가 자신의 이름이 나오는 순간.

찰칵!

사진을 찍었다.

찍힌 사진 속에는 '시나리오: 김두찬'이라는 글귀가 확실히 박혀 있었다.

이를 본 정미연이 쿡쿡 대고 웃으며 김두찬의 뺨을 쓰다듬었다.

"뿌듯해?"

"말로 다 표현 못 할 만큼."

"축하해, 자기."

"고마워. 나 지금 정말… 기분이 좋아."

애니메이션을 본 김두찬의 심경은 말로 다 표현할 수 없을 만큼 설레었다.

그동안 그의 글은 책으로만 출간되거나 인터넷으로 서비스 될 뿐이었다.

물론, 영화로도 제작이 들어갔으나 아직 개봉 전이었다.

때문에 이런 형태의 영상물을 보는 건 이번이 처음이었다.

"미연아."

"응?"

"진짜… 최고야."

정미연이 희열 가득한 김두찬의 뺨에 입술을 맞췄다.

"나한테는 자기가 최고야."

*   *   *

집으로 돌아오는 도중 김두찬은 여러 통의 전화를 받았 다.

전화를 한 사람들은 하나같이 내 친구 당끼에 대한 이야기를 해댔다.

아띠 출판사 민중식 대표부터 시작해서, 선우동 이사, 주로미, 장재덕, 류정아, 홍근원, 그리고 부모님과 김두리한테까지 전화가 왔다.

전부 말이라도 맞춘 듯 재미있게 잘 봤다고 했다.

아는 사람의 작품이니 예의상 해준 말일 수도 있었다.

하지만 김두찬이 보기에도 내 친구 당끼는 상당히 재미있었다.

게다가 애니메이션 자체적 퀄리티가 높았고 연출이 끝내줬다.

김두찬은 스토리 진행에 집중하느라 연출적인 부분은 신경을 쓰지 못했다.

사실 그게 맞는 일이다.

연출은 애니메이션 감독이 신경 써야지, 시나리오 작가가 관여할 부분은 아니었다.

다행스럽게도 김태영의 회사엔 뛰어난 감독이 있었다.

그가 총감독으로 투입되어 진두지휘를 해나간 덕에 애니메이션이 더욱 완성도 있는 모습으로 완성된 것이다.

'이건 무조건 된다.'

여러 통의 축하 전화를 받으며 집에 도착한 김두찬의 마음속에서 그런 자신감이 피어올랐다.

김두찬이 컴퓨터 앞에 앉아 내 친구 당끼를 검색했다.

그러자 그와 관련된 숱한 기사들과 블로그, 카페 글들이 나타났다.

'기사야 어차피 플레이 인 측에서 손쓸 걸 테니 볼 필요 없고……'

김두찬은 블로그와 카페 글들을 전부 훑었다.

물론 거기에도 플레이 인의 입김이 닿았겠지만 그래도 불러 준 대로 받아 적어서 뿌려 버리는 기사보다 훨씬 나았다.

아울러 정말 당끼를 재미있게 본 일반인들의 리뷰도 제법 있었다.

김두찬의 눈에는 이 글이 알바들이 쓴 건지, 개인이 좋아서 쓴 건지가 전부 보였다.

내 친구 당끼의 첫 방송에 대한 평가는 대부분이 긍정적이었다.

아직 더 지켜봐야겠다는 의견도 간혹 있었다.

하지만 열이면 아홉이 여태껏 한국에서 없던 퀄리티의 방송용 애니메이션이 만들어졌다며 극찬을 했다.

심지어 유아들이 보는 건데 이렇게까지 공 들일 필요 있느냐는 의견까지 올라올 정도였다.

'출발이 좋아.'

가슴이 뿌듯했다.

김두찬은 침대 위에 그대로 몸을 날려 털썩 드러누웠다.

오늘은 아무것도 하지 않고 그저 이 행복을 만끽하고 싶었다.

　　　　　*　　　　　*　　　　　*

오후 8시.

드디어 올타임의 공모전이 끝났다.

올타임은 지금까지의 모든 성적을 자동으로 집계해 1위부터 20위를 추려냈다.

거기까지가 공모전에서 상금을 받을 수 있는 이들이었다.

그때쯤 김두찬은 길드원들과 게임에 몰두하고 있었다.

간만에 게임에 접속한 김두찬을 미러클 길드원들은 대단히 반겨주었다.

마침 게임 속에는 정이율도 있었다.

정이율은 병원에서 무사 퇴원한 뒤 다시 주식을 소소하게 굴리며 회계사 일을 하는 중이었다.

이건 김두찬도 몰랐던 사실인데 정이율에게는 공인회계사 자격증이 있었다.

3년 전, 혹시 몰라 따두었던 것이다.

주식으로 망해 버리면 당장 할 것이 없으니 보험처럼 따놓았던 것이라고 그는 말했다.

공인회계사 시험이 쉬운 것도 아닌데 그걸 너무나 쉽게 취득한 것을 보면 정이율도 보통 머리는 아니었다.

지금은 종잣돈이 없어서 남의 회사에서 일을 도와주고 있다고 했다.

그 말을 듣고 난 김두찬은 좋은 생각이 들어 정이율에게 슬쩍 귓속말을 던졌다.

트리키(귓속말): 이율이 형, 그냥 독립하세요.^^

오들리(귓속말): 종잣돈부터 만들고. 아직 멀었다.—_ㅠ

트리키(귓속말): 독립해서 제가 버는 돈만 관리해 주세요. 그럼 달에 천만 원씩 보장해 드릴게요. ^_____^

오들리(귓속말): 어???????

트리키(귓속말): 제 개인 회계사가 되어달라고 러브콜 보내는 겁니다♡

오들리(귓속말): 두찬아, 너 진심이니?

트리키(귓속말): 진심이에요. 형이 와줬으면 좋겠어요. 저, 곧 회사도 만들 예정이에요. 그렇게 되면 형이 더더욱 필요해요. 그러니까 미리 와서 회계 책임져 주세요. 사실 제가 이제부터 좀 여러 가지를 할 예정이거든요.

오들리(귓속말): 여러 가지라니?

트리키(귓속말): 이번에 여행 갔다 오면서 깨달은 게 있어요. 창작이라는 것을 글에만 한정시켜 두면 안 되겠더라고요. 그래서 글 외에도 그림이나

음악, 그 외에 여러 가지 제가 할 수 있는 모든 영역에서 창작 활동을 해보려고 해요.^^

오들리(귓속말): 그거 정말 멋진 생각이다.+_+

트리키(귓속말): 그래서 형이 필요해요. 전 창작 말고 다른 건 생각하기 싫거든요. 처리하기도 귀찮고. 그러니까 형이 해주세요.

오들리(귓속말): 으음… —_—; 그게 참, 말처럼 쉬운 문제는 아니라서.

트리키(귓속말): 당장 대답해 달라는 거 아니에요. 생각해 보시고 연락 주세요.

오들리(귓속말): 그래, 알았어. 고마워, 두찬아. 먼저 그런 제안해 줘서. 우리 기념으로 인던이나 한번 돌까?

트리키(귓속말): 그러고 싶은데 할 일이 있어서 이만 나가봐야 할 것 같아요.

오들리(귓속말): 아쉽지만 잡지 않을게. 조만간 밥이나 먹자.^^

트리키(귓속말): 밥 먹는 날 대답 들고 오실 거죠?

오들리(귓속말): 그럴게.

트리키(귓속말): 알았어요~ 그럼 가볼게요! 즐겜해요, 형!^^

이후 김두찬은 다른 길드원들에게도 공개 채팅으로 인사를 건넨 뒤 게임을 종료했다.

그리고 바로 올타임에 접속했다.

올타임의 메인 화면에는 이번 공모전의 1위부터 20위까지의 순위가 팝업으로 떠 있었다.

순위권에 오른 모든 작품들을 살펴본 김두찬의 입꼬리가 말려 올라갔다.

'상금이 얼마였더라.'

김두찬이 순위 밑에 적힌 상금 쪽으로 눈을 돌렸다.

[총 상금 10억원!]
대상 1명: 3억 원+권당 보장 인세 1,000만 원
우수상 3명: 1억 원+권당 보장 인세 500만 원
장려상 6명: 5천만 원
입선 10명: 1천만 원

이렇게 되면 김두찬이 쓴 글과 김승진의 필명으로 쓴 글의 상금만 합쳐도 1억이다.

하지만 그 돈을 받을 수는 없었다.

고작 1억을 받기 위해서 올타입 공모전에 참가한 건 아니었다.

김두찬이 올타입에 가입하며 적어 넣었던 메일 주소로 접속했다.

그러자 올타입 측에서 보낸 메일 하나가 들어온 게 보였다.

클릭해서 열어보니 공모전에서 우수한 성적을 거둔 것에 대한 축하 인사와 더불어 시상식의 날짜, 시간, 시상식장의 위치를 알려주고 있었다.

시상식은 11월 7일, 화요일이었다.

'입동이네.'

입동(立冬).

겨울로 들어서는 그날, 올타임의 시상식이 열리는 것이다.

김두찬은 올타임이 날짜도 참 기가 막히게 잡았다고 생각했다.

봄날을 꿈꾸는 그날 올타임은 추운 겨울을 맞이하게 될 테니까.

*   *   *

11월 6일.

올타임의 시상식을 하루 앞둔 날.

샘 레넌 감독에게서 답장이 왔다.

샘 레넌 감독은 민중식, 정태산과 함께 만나는 건 어떠냐는 김두찬의 제안에 흔쾌히 그러겠다고 대답을 했다.

그는 당장에라도 한국으로 날아가고 싶지만 확실한 일정을 조정해야 하니 김두찬의 폰 넘버를 보내 달라고 요구했다.

메일을 확인하면 자신이 연락을 할 테고 함께 좋은 날을 잡아보자는 말로 내용은 마무리됐다.

김두찬은 샘 레넌과의 만남이 머지않았음을 느꼈다.

그는 빠르게 답장을 작성해 샘 레넌에게 보냈다.

이제 연락을 기다리는 일만 남았다.

*   *   *

드디어 올타입 공모전의 시상식이 열리는 날이 찾아왔다.

공모전은 삼성동에 있는 삼진 그룹 빌딩의 연회장에서 열렸다.

오후 5시부터 시작되는 공모전은 1시간여가량 진행되고, 이후에는 당선 작가들과 올타입 관리자들, 삼진 그룹 회장 모진택과의 간단한 만찬이 있을 예정이었다.

4시 50분.

검은색 밴 한 대가 빌딩의 정문 앞에 섰다.

뒷문이 부드럽게 열리고 그 안에서 김두찬이 말끔한 정장 차림으로 모습을 드러냈다.

그 뒤를 따라 정미연과 채소다, 주화란도 줄줄이 내렸다.

세 여인 모두 미모로는 어디 가도 빠지지 않는 이들이었다.

물론 그중 원탑은 정미연이고 채소다와 주화란의 미모는 엇비슷했다. 한데 오늘은 유독 더 아름다웠다.

두 사람에게 정미연의 손길이 닿았기 때문이다.

헤어와 메이크업부터 스타일링까지 모두 정미연이 직접 어루만져 주었다.

요즘 가장 잘나가는 스타일리스트로서 돈을 아무리 줘도 시간이 없어서 원하는 연예인들을 모두 받지 못하는 게 정미연이다.

그런 그녀가 직접 스타일링해 준 채소다와 주화란의 모습은 여신이라고 해도 좋을 정도였다.

김두찬 일행은 빌딩 안으로 들어서서 연회장으로 향했다.

그러자 공모전을 찾은 다른 수상자 몇몇과 작가들, 공모전 관계자들, 그리고 초대받은 손님들의 시선이 일제히 집중되었다.

사람들은 한동안 김두찬 일행에게서 눈을 떼지 못했다.

그들 한 명, 한 명의 모습이 어찌나 빛나는지, 런웨이가 따로 없었다.

"저 사람들 뭐야? 연예인인가?"

"남자 존잘이다."

"여자들 봐. 비주얼 깡패라는 게 이럴 때 쓰라고 있는 말 아닐까."

"꿀꺽!"

사람들은 김두찬 일행을 넋 놓고 바라보며 수군댔다.

주화란은 그런 사람들의 시선이 영 부담스러웠다.

반면 채소다는 마냥 신나 있었다.

"우와~ 나 이런 옷 처음 입어본다는."

그녀는 사람들이 자신을 쳐다보는 것과 똑같은 시선으로 스스로를 관찰했다.

태어나서 한 번도 이렇게까지 꾸며본 적이 없으니 그저 들 떴다.

그때 김두찬의 귀로 주변 사람들의 목소리가 들려왔다.

"헐, 김두찬이다."

"어? 왔네. 난 쪽팔려서 못 올 줄 알았는데."

"매번 1위만 하니까 여기서도 1등은 당연할 거라고 생각했 을 텐데. 안타깝네, 좀."

김두찬이 지나가는 걸 본 남자 세 명이 대놓고 비아냥거렸 다.

그것은 단순히 부러움과 질투에서 기인한 행동으로 유치하 기 그지없었기에 김두찬은 무시하고 지나가려 했다.

하지만 정미연은 김두찬처럼 잔잔한 호수가 되지 못했다.

그녀는 파도 같은 여자였다.

정미연이 걸음을 멈추더니 세 남자를 보고서 서늘한 미소 를 머금고 말했다.

"댁들은 어디 가서 1위라도 해보셨어요?"

"……."

그 물음에 세 남자의 말문이 턱 막혔다.

뒤에서 떠들 줄이나 알지 막상 누군가가 싸우자고 들면 한 마디도 못하는 족속들이었다.

그 모습을 보고 있자니 정미연의 투지가 훅 하고 사그라졌다.

"그렇게 뒤에서 남이나 씹으면 자기들이 루저라는 걸 인정하는 꼴이거든요. 내가 지금 무슨 말 하는지 알죠? 우리 다시는 보지 말아요."

정미연은 잠시 풀었던 김두창의 팔짱을 다시 끼고서 지정석을 향해 갔다.

*　　　　*　　　　*

삼진 그룹에서 진행하는 시상식인 만큼 그 규모가 어마어마했다.

수상자들에게는 그들의 지인들도 참석할 수 있도록 명당 두 개의 원형 테이블을 배당했다.

테이블 위엔 각종 고급스러운 음식과 다과, 샴페인이 정갈하게 놓여 있었다.

수상자석 외에 객석 역시 그에 못지않은 고급스러움을 자랑했다.

뿐만 아니라 주최 측에서 직접 초대한 각종 문학계의 저명 인사들과 문화계에서 활동 중인 여러 계통의 유명인들이 자리를 빛내주었다.

이런 호화스러운 자리를 경험해 보지 못한 수상자들은 눈이 이리저리 돌아가 정신이 하나도 없을 지경이었다.

그 안에서 평상심을 유지하고 있는 건 김두찬이 유일했다.

그는 이미 이렇게 화려한 세상을 숱하게 경험해 봤다.

때문에 크게 감흥이 없었다.

오후 5시가 조금 넘은 시간, 주로미에게서 문자가 왔다.

─두찬아, 오늘 시상식이지? 미안ㅠㅠ 나 꼭, 참석하려고 했는데 CF 촬영이 겹쳐서 못 갔어. 대신에 담에 밥 살게! 근원이랑 같이 보자!

김두찬이 문자를 확인하고서 답장을 보냈다.

그때, 사회자가 무대 위로 올라왔다.

"안녕하십니까. 올타입 공모전의 진행을 맡은 서이호라고 합니다. 이렇게 좋은 날, 시상식장을 찾아주신 내빈 여러분께 진심으로 감사의 말씀을 전합니다. 그럼 본격적으로 시상식을 시작해 보도록 하겠습니다."

짝짝짝짝짝!

내빈들의 박수와 함께 본격적인 시상식의 막이 올랐다.

서이호는 능숙하게 진행을 이끌었다.

그는 이런 큰 자리의 사회를 숱하게 맡아온 베테랑이었다.

그런 만큼 진행을 하면서 조금의 막힘도 없었다.

휘황찬란한 시상식장과 저명한 초대 손님들, 그리고 능숙한 진행자까지 뭐 하나 빠지는 게 없을 만큼 완벽했다.

한데 주화란은 한참 전부터 위화감을 느끼고 있었다.

그녀뿐만이 아니었다.

시상식에 자리한 모든 사람들이 부자연스러운 광경에 고개를 갸웃거렸다.

'왜……'

주화란의 시선이 반 가까이 비어 있는 수상자석을 훑었다.

'왜 이렇게 많이 안 온 거야?'

수상자가 꼭 시상식에 나올 필요는 없다.

개인적 사정으로 인해 나오지 못한다면 다른 방법으로 상패와 상금을 전해주면 된다.

그런데 이런 식으로 수상자들이 대거 불참하는 경우는 없었다.

주화란의 의문을 뒤로한 채 시상식은 계속해서 진행됐다.

"그럼 본격적인 시상식을 진행하기에 앞서 올타입을 만든 올타입의 아버지이자, 삼진 그룹을 이끌어가는 모진택 회장님을 모시겠습니다."

짝짝짝!

장내에 다시 한번 박수 소리가 울려 퍼졌다.

이윽고 모진택 회장이 단상 위로 올라왔다.

사회자에게 마이크를 넘겨받은 모진택 회장이 내빈과 수상자들을 둘러보며 입을 열었다.

아니, 열려고 했다.

그런데.

'뭐야? 수상자석에 이가 왜 저렇게 많이 빠져 있어?'

시상식은 5시부터라고 분명히 공지를 했던 터였다.

지금은 5시 20분.

지각이라고 하기에는 너무 많은 자리가 비어 있었다.

'이것들이 단체로 미쳤나?'

모진택 회장은 구겨지려는 인상을 겨우 펴고서 천천히 입을 열었다.

"안녕하십니까. 모진택입니다. 우선 오늘처럼 뜻깊은 날 찾아와 주신 내빈 여러분께 감사의 인사부터 드리겠습니다."

이후로 모진택은 미리 준비해 두었던 축하 인사를 줄줄이 읊었다.

하지만 그 안에 영혼은 조금도 실려 있지 않았다.

모진택의 정신이 온통 다른 곳에 쏠려 있었기 때문이다.

'대체 왜 안 온 거야?'

축하사를 읊은 마친 모진택이 단상에서 내려갔다.

그러는 와중에도 영 기분이 찝찝했다.

'시상이 시작되기 전까지는 와야 하는데.'

그래야 시상식이 빛난다.

시상식의 주인공은 수상자들이기 때문이다.

그러나 모진택의 바람과는 달리 시상이 시작되는데도 비어 있는 자리는 채워질 줄을 몰랐다.

'염병. 오지 않은 것들은 어차피 10위권 밖에 있는 놈들이 겠지.'

10위권 안에 든 이들은 여기에 오지 않을 이유가 없다.

자리에 참석만 하면 자신의 작품 앞에 붙는 등수 하나만으로 모든 이들의 주목을 받고 선망의 대상이 된다.

주인공이 되는 것이다.

게다가 상금 역시 수표로 그 자리에서 받을 수 있다.

원한다면 계좌 이체를 해주지만 그건 선택 사항이고, 대부분은 바로 수령하기를 원할 것이다.

따로 계좌 이체를 하려면 그만큼 시간이 더 걸리는데 뭐 하러 지름길을 돌아간단 말인가.

'어차피 잔챙이들은 필요 없어.'

중요한 건 10위권 안의 작가들이었다.

10위 밖의 글들은 하나같이 조회 수가 저조했다.

평균 1만 언저리를 겨우 넘어섰으니 말이다.

이럴 경우 유료 연재로 전환해도 큰 수익을 기대하기 힘들다.

회사 측에서도 엄청난 상금을 걸었던 만큼 이득보다는 손해다.

하지만 그것을 10위 권 내의 소설들이 충분히 메워줄 터였다.

"그럼 시상식을 시작하겠습니다. 입선작들부터 발표하겠습니다. 입선작은 총 열 작품입니다. 필명이 호명되시는 분들께서는 단상 위로 올라와 주시기 바랍니다. 입선. '고통 전사'의 장만복. '하늘의 이름'의 민지유. '맛보고 가라'의……."

서이호의 호명을 받은 열 명의 작가들이 우르르 단상 위로 올라섰다.

그러자 수상자석은 김두찬이 앉아 있는 자리를 빼고 깨끗하게 비워져 버렸다.

이에 주화란이 놀란 얼굴로 말했다.

"뭐야? 지금 10위권 안에 든 작가들이 한 명도 안 온 거야?"

"엥? 정말?"

그제야 채소다도 주변을 둘러봤다.

"무슨 시상식이 이래? 아니, 무슨 수상자들 이래?"

주화란은 도무지 이해가 되지 않는다는 얼굴이었다.

반면 채소다는 그러거나 말거나 다시 시상식을 즐겼다.

김두찬 역시 이런 상황에 전혀 동요하지 않는 모습이었다.

채소다는 원체 애가 특이하니 그렇다 쳐도, 김두찬의 평온함은 이해할 수가 없었다.

'순위가 9위로 마감되었는데도 태연했던 것부터 줄곧 이상하단 말이야.'

그때, 입선의 시상이 끝났다.

서이호가 다음 시상을 위해 멘트를 날렸다.

"그럼 장려상의 수상이 있겠습니다."

말을 하는 서이호의 시선이 살짝 떨려왔다.

그도 눈이 있었기에 수상자석이 텅 비어 있는 게 뻔히 보였다.

그럼에도 서이호는 모른 척하고 일단 작품과 작가의 필명을 죽 읊었다.

"'나는 거기 없었다'의 김승진. '현대영웅전'의 김두찬. '심연'의 김수연. '불개미'의 박은수. '희열의 시대'의 이영. '파는 존재'의 장달민. 호명되신 분들께서는 단상 위로 올라와 주세요."

여섯 명이 호명되었지만 단상 위에 오른 건 김두찬 단 한 사람뿐이었다.

그 광경을 VIP석에서 지켜보던 모진택은 속이 벌컥 뒤집어지는 기분이었다.

'이 미친 새끼들이 돈을 주겠다는데도 안 와? 지들을 주인

공으로 만들어주겠다는데 안 와?!'

모진택의 뒷목이 뻐근해졌다.

그가 눈을 지그시 감고 목을 강하게 주물렀다.

그러는 사이 서이호는 김두찬에게 상금과 상패를 수여했다.

그러자 미리 초대되어 자리를 잡고 있던 기자들의 플래시가 미친 듯이 터졌다.

찰칵! 찰칵! 찰칵!

서이호는 김두찬에게 소감 한마디를 부탁하며 마이크를 입에 가까이 댔다.

그 순간 모든 이의 시선이 김두찬에게 집중됐다.

다들 귀를 쫑긋거리며 김두찬의 소감을 기대했다.

항상 정상을 놓치지 않는 그였는데 이번에는 9위라는 충격적인 성적을 기록했다.

당연히 김두찬의 성에 차지는 않을 터.

때문에 그가 어떤 말을 할지 기자들을 비롯해 장내에 있는 모든 이들의 관심이 커졌다.

"우선 이런 장려상을 주신 올타임 측에 감사의 말씀드립니다. 그리고… 곧 다시 보도록 하죠."

김두찬은 언뜻 이해하기 힘든 말을 내뱉고서 단상을 내려왔다.

김두찬이 자기 자리로 돌아오자 서이호는 계속해서 시상을 진행했다.

"다음은 우수상 수상작 세 편에 대한 시상이 있겠습니다. '정인'의 메로니. '그립지만 돌아보지 않는다'의 성정호. '강철의 사나이'의 지누한."

서이호가 세 작품과 세 명의 작가를 호명했다.

그러나 아무도 단상 위에 올라오지 않았다.

"끄으응!"

급기야 모진택이 앓는 소리를 냈다.

지금 그는 이 상황이 하나부터 열까지 전부 마음에 들지 않았다.

'잔챙이들 말고 큰 놈들이 필요하단 말이야! 그놈들을 위해 만든 시상식이라고!'

모진택은 속마음을 차마 내놓지 못하고 속으로만 삼켰다.

11위부터 20위권의 작가들은 전부 참석했는데, 대체 어찌된 일인지 10위권 안의 작가 중 참여한 사람은 김두찬밖에 없었다.

서이호는 이 난감한 상황을 능숙하게 정리하고서 바로 대상 시상에 들어갔다.

"그럼 마지막으로 대상을 시상하겠습니다. 명예의 대상은 압도적인 조회 수와 호평을 받으며 연재 첫날부터 1위의 자리를 공고히 해온 소년D 작가의 '봄날'입니다!"

서이호의 힘찬 외침과 달리 이번에도 단상 위는 텅 빌 것이 분명했다.

모두가 이를 짐작할 수 있었다.

모진택은 잇몸이 아프도록 이를 앙다물고서 몸을 파르르 떨었다.

분노가 극에 다다른 것이다.

한데 그때였다.

"어? 두찬아. 왜 일어나?"

"김 작가님?"

채소다와 주화란이 김두찬을 바라봤다.

김두찬은 그런 두 사람과 정미연에게 미소를 지어 보이고서는 단상을 향해 걸어나갔다. 갑작스러운 김두찬의 돌발 행동에 채소다와 주화란은 적잖이 놀라 눈만 끔뻑거렸다.

말려야 하는 거 아닌가 싶었지만 김두찬이 하도 당당하게 걸어나가니 차마 그럴 수가 없었다.

두 사람과 달리 정미연은 흥미진진한 얼굴로 상황을 지켜봤다.

그 모습이 마치 개봉하길 고대하던 영화라도 보러온 사람 같았다.

놀란 건 김두찬 일행뿐만이 아니었다.

시상식을 진행하는 사회자는 물론이고 시상식장에 초대된 모든 이들이 눈을 동그랗게 떴다.

"아니, 저……."

여태 막힘없는 진행을 자랑하던 사회자 서이호가 더듬더듬 거렸다.

이 광경을 지켜보던 모진택의 홉뜬 눈에 핏발이 섰다.

'저건 또 뭐 하자는 짓거리야?'

가뜩이나 성질이 나 있는데 김두찬이 이해 못 할 행동을 하니 환장할 지경이었다.

그러거나 말거나 태연하게 단상으로 올라온 김두찬이 서이호의 옆에 섰다.

서이호가 당황한 시선을 던지며 김두찬에게 귓속말을 했다.

"저… 작가님. 지금 제가 호명한 사람은 대상 받은 소년D 님 이신데… 작가님께서는 좀 전에 장려상 받으셨고요."

"네, 알아요."

"아신… 다고요? 근데 왜 올라오셨어요?"

"일단 마이크부터 넘겨주시겠어요? 그럼 알게 될 겁니다."

서이호는 진행 요원들과 모진택의 눈치를 살폈다.

모진택은 김두찬을 노려보며 입술을 꽉 깨물었더니 고개를 끄덕였다.

그가 무슨 속셈인지는 모르겠으나 어차피 엉망이 되어버린

판, 해볼 대로 해보라는 심산이었다.

결국 서이호의 손에 들린 마이크가 김두찬에게로 넘어갔다.

김두찬이 마이크를 입 가까이 붙이고서 내빈들을 바라보며 말했다.

"안녕하십니까, 내빈 여러분. 조금 전 장려상을 받으러 나왔던 김두찬입니다. 제가 왜 뜬금없는 상황에서 다시 올라왔는지 궁금하실 겁니다. 명쾌하게 대답해 드리죠. 이번 올타임 공모전에서 대상을 받은 소설 '봄날'의 작가 소년D가 바로 제 필명이기 때문입니다."

김두찬의 입에서 누구도 상상 못 했던 발언이 튀어나왔다.

그래서 한동안 모든 사람들은 김두찬의 얘기를 제대로 이해 못 했다.

약간의 시간이 흐른 뒤에야 여기저기서 탄성이 터져 나왔다.

동시에 플래시 세례가 이어졌다.

펑! 펑! 찰칵! 찰칵!

"뭐야!"

충격이 한차례 가신 다음에 이 상황을 이해한 모진택이 벌떡 일어섰다.

그의 눈동자는 지진이라도 난 듯 마구 떨려왔다.

"소년D가… 김두찬이라고? 아니, 대체 왜 그런 짓거리를……!"

독설을 내뱉으려던 그의 머릿속에 계산기가 나타났다.

'가만. 이거 잘하면…….'

그의 머리가 팽팽 회전했다.

'일단 올타임 공모전의 규칙상 한 작가가 중복으로 작품 공모를 할 수 없으니까… 김두찬이 본명으로 응모한 원고를 실격 처분하고 봄날에 상을 줘버리면……?'

어찌 되었든 1위 수상자가 시상식에 나타난 것이니 분위기는 전보다 훨씬 좋아질 터.

게다가 김두찬이 무슨 이유인지 모르겠지만 이중으로 응모를 하면서 화제성을 던져줬다.

조금 머리가 아플 뻔했으나, 어찌 되었든 이 사건은 인터넷으로 빠르게 퍼져 나갈 것이다.

이는 곧 올타임의 인지도가 오른다는 것과 같은 뜻이었다.

'이거 정말 난 놈일세! 하하하하하!'

여태 시궁창에 빠진 것 같았던 그의 기분이 거짓말처럼 좋아졌다.

그런데 이어진 김두찬의 말은 모진택의 얼굴을 일그러지게 만들었다.

"뿐만 아니라 김승진, 김수연, 박은수, 이영, 장달민, 메로니,

성정호, 지누한, 모두 접니다."

"에엑!"

"어머나."

채소다와 주화란이 까무러칠 듯 놀라 소리쳤다.

시상식작의 다른 사람들 역시 같은 반응을 보였다.

김두찬의 놀라운 발언은 시상식장을 충격의 도가니로 몰아넣었다.

그 안에서 여유로움을 만끽하는 사람은 정미연이 유일했다.

그때였다.

시상식장의 문이 열리며 일단의 무리가 우르르 쏟아져 들어왔다.

아띠 출판사의 민중식 사장과 선우동 이사와 플레이 인의 정태산 사장을 비롯, 류정아와 CF 촬영이 있단던 주로미, 그리고 주로미의 소속사인 무하 엔터테인먼트 명예 회장 장혁우, 마지막으로 서로아와 조선호까지 시상식장을 찾아온 것이다.

그들은 일제히 김두찬의 지정 테이블에 모여 앉았다.

갑작스레 연예계와 출판업계의 핫한 인물들이 대거 들어오니 내빈들의 관심이 일제히 그쪽으로 몰렸다.

"뭐야? 뭐 이렇게 거대한 사람들이 한꺼번에 몰려 들어와?"

"저거 다… 김두찬 작가 인맥이다."

"우와, 저기 봐. CF 퀸 주로미다!"

"야야, CF 요정 서로아도 있어."

"저 사람은 태권여제 류정아 아니야?"

"대박, 아띠 출판사 사장까지 왔어."

내빈들이 김두찬의 어마무시한 인맥을 보며 수군거렸다.

그러는 사이 채소다와 주화란은 김두찬의 지인들과 간단한 인사를 나누었다. 그러다 주로미를 본 주화란이 놀라움과 반가움에 그녀를 껴안았다.

"로미야! 어떻게 된 거야?"

"CF 촬영이 미뤄져서 회장님이랑 같이 왔어."

"그랬구나. 근데 회장님은 왜?"

"두찬이한테 관심이 많거든."

"그럴 만하지."

주화란이 장태산과 허물없이 이야기하고 있는 장혁우를 슬쩍 바라봤다.

'역시 젊어.'

그럼에도 대한민국 3대 기획사인 무하 엔터테인먼트의 명예 회장이라는 게 영 믿기지 않았다.

김두찬은 지인들의 뜻하지 않은 참석이 반가웠다.

그가 자신의 사람들과 눈인사를 간단히 나누고서 계속 말을 이었다.

"그렇습니다. 전 제 본명 외에 아홉 개의 다른 필명을 만들어 글을 올렸습니다."

"맙소사."

"그럼 지금 1위부터 10위까지 전부 다 김두찬이었다는 거야?"

"이런 미친… 그런 게 가능해?"

"열 작품을 동시 진행했다고? 말도 안 돼. 문체가 그렇게 다를 수 있나? 그게 어떻게 한 사람이 집필한 걸 수가……."

내빈들은 충격을 넘어서서 공포에 빠져들었다.

이건 대한민국 문단의 역사를 되짚어 봐도 없었던 대사건이다.

아니, 그런 일 자체가 일어날 수가 없었다.

한데 그들의 눈앞에 당당히 서 있는 한 명의 청년은 이를 가능케 했다.

"지금 저게 무슨 미친 소리야! 혼자서 열 작품을 써 제꼈다니!"

모진택 회장이 저도 모르게 소리를 버럭 질렀다.

워낙 기차 화통을 삶아 먹은 것처럼 목청이 큰 양반이라 마이크가 없음에도 그의 목소리는 시상식장 안에 가득 퍼졌다.

당연히 내빈들의 이목이 그에게 집중되었다.

모진택 회장은 아차 싶어 얼른 입을 다물었다.

김두찬의 수상 소감은 계속해서 이어졌다.

"이쯤 되면 의아하실 겁니다. 제가 왜 이런 일을 벌였는지. 이리저리 돌려 말하지 않겠습니다. 올타임에서는 마케팅을 위해 홍보 수단으로 저를 이용했습니다. 누가 봐도 저를 지목하는 게 분명한 선정적 문구를 사용해서 누리꾼들의 이목을 끄는 데 성공했습니다. 그때까지만 해도 전 올타임 공모전에 참가하지 않을 생각이었습니다. 하지만 그럴 수가 없었습니다. 이유가 무엇인지에 대해서는 굳이 언급하지 않겠습니다."

사람들은 김두찬이 올타임에 참가한 목적이 무엇인지 궁금했다.

하지만 김두찬은 이를 설명하지 않았다.

그럴 필요가 없었기 때문이다.

굳이 말하지 않아도 다들 알게 될 테니까.

"아무튼 저는 올타임이 저를 이용했던 것처럼 똑같이 응대한 것뿐입니다. 제 필력이 어디까지 먹힐 수 있을지, 올타임 공모전에서 실험해 봤습니다. 그 결과 1위부터 10위까지에 제 글들을 줄 세우기 시키는 기염을 토했습니다. 진지하게 공모전에 참여하신 작가분들께는 진심으로 사죄의 말씀을 드리겠습니다."

김두찬이 정중하게 허리를 숙여 사죄했다.

순간 김두찬의 A랭크 연기의 능력이 빛을 발했다.

단지 허리를 숙이는 간단한 자세였음에도 그의 전신에서

도무지 가볍게 치부할 수 없는 진중한 기운이 흘러나와 모두의 가슴을 파고들었다.

그로 인해 욱해서 김두찬을 욕하려던 사람들도 생각을 행동으로 옮기지 못했다.

김두찬은 굽혔던 허리를 펴고 마저 이야기를 해나갔다.

"아울러 저는 이 상을 받을 자격이 없습니다. 개인의 사리사욕을 채우기 위해 응모를 했다는 깨끗하지 못한 동기와 아이디를 여러 개 돌려서 중복 응모를 했기 때문입니다. 아시다시피 올타입 공모전은 모든 작가들이 하나의 작품만을 응모해야 하는 것이 룰입니다. 그 룰을 어겼으니 저는 모든 수상을 포기해야 하는 것이 맞습니다."

김두찬이 좀 전에 받았던 상패와 상금을 바닥에 내려놓았다.

"이에 저는 조금 전 받은 상금과 상패를 반환하겠습니다. 아울러 다른 모든 상금과 상패 역시 받지 않겠습니다. 수상 자격이 없으니 당연한 일이겠지요. 또한 이렇게 되면……."

김두찬의 시선이 VIP석에 있는 모진택 회장에게 꽂혔다.

그는 담담한 눈으로 모진택 회장을 바라보며 한마디 한마디 정확하게 끊어 뱉었다.

"수상 자격이 없는 열 개의 작품들에 대한 저작권은 제게 있는 것임을 분명히 밝힙니다. 올타입에 연재는 했으나 수상하지 못했고, 상금도 받지 않았으니 제게는 이 글들을 전부 올타임에서 연재해야 한다는 강제권이 없습니다."

"말도 안 돼!"

청천벽력 같은 소리에 모진택 회장이 팔걸이를 탕 쳤다.

거하게 치러질 예정이었던 시상식이 개똥으로 변했다.

돈을 억 단위로 처발라서 유명 인사를 모시고 최고급 음식을 마련했다.

시상식장 내부를 꾸미고 있는 기물 하나부터 장식품 하나까지 비싸지 않은 게 없었다.

이 시상식이 올타임의 화려한 첫걸음이 될 터이니 그런 투자는 당연했다.

그런데 김두찬이 모진택의 투자를 무용지물로 만들어 버리고 있었다.

시상식을 했는데 1위부터 10위까지의 수상자가 없다?

그것은 앙꼬 없는 찐빵이나 마찬가지였다.

게다가 확실한 수익을 보장할 글들이 모두 빠져나가 버린다니!

그렇게 되면 올타임은 E—Book 시장에서 힘을 쓰지 못한다.

초반에 확실히 밀어붙일 수 없으면 성장이 더디고, 푼돈이나 만지는 것으로 그치고 만다.

모진택은 그런 푼돈이나 만지자고 이런 시상식 자리를 만든 게 아니다.

공모전에 괜히 10억원을 뿌린 게 아니란 말이다!

"대체 이게 무슨……!"

모진택이 분개하자 사람들의 이목이 다시 그에게 집중됐다.

그에 곁에 서 있던 비서가 난처해하며 귓속말을 전했다.

"회장님, 고정하십시오. 여기서 이러시면……."

모진택이 손을 들어 비서의 입을 막았다.

그러고는 천천히 고개를 끄덕였다.

아무리 성질이 난다고 해도 그것을 사리 분별 못하고 밖으로 표출하면 안 된다는 건 모진택도 잘 알고 있었다.

그가 김두찬을 타이르듯 말했다.

"김 작가님. 지금 김 작가님께서 무슨 얘기를 하시는지 잘 알겠습니다. 하지만 이렇게 나오시면 우리 입장이 어찌 되겠어요? 작품을 서비스할 자격이 없다는 말 잘 알겠으나 좀 유연하게 생각을 해봄이 어떤지요?"

말인 즉 열 개의 작품 중 몇 개만이라도 서비스를 해달라는 뜻이었다.

그건 엄연히 공모전 룰에 어긋나는 제안이었다.

하지만 삼진 그룹 정도면 이를 밀고 나가면서 언론 플레이를 해 자기네들의 행동을 얼마든지 합리화하는 게 가능했다.

그러나 지금 이 순간 가장 중요한 건 김두찬의 의지였다.

그가 한사코 지금과 같은 입장을 유지하면 그의 작품을 서비스할 수 없어진다.

물론 김두찬은 생각을 바꾸지 않았다.

"모진택 회장님."

"그래요, 말해보세요."

"저는 이 바닥이 상생의 장이 되어야 한다고 생각합니다."

"그럼요. 저도 그렇게 생각하지요. 한데 김두찬 작가님께서 10위권 안의 모든 순위를 독점해 버리고서는 수상을 포기하고 저작권을 가져가 버린다 하시면, 우리 입장에서는 난처할 수밖에요."

모진택 회장은 김두찬이 유도한 것도 모르고서 그가 원하는 대답을 술술 읊었다.

'됐다.'

기회를 잡은 김두찬은 이를 놓치지 않았다.

"말씀하신 대로입니다. 누군가 E—Book 플랫폼을 독점하고자 한다면 그건 곧 이 시장을 죽은 시장으로 몰고 가는 것밖에 안 됩니다. 올타입 공모전에서 제가 10위까지의 순위를 독점해서 시상식 자체가 무너진 것처럼, 시장도 무너집니다."

그제야 내빈들은 김두찬이 이런 어처구니없는 일을 벌인 이유에 대해 확실히 알 수 있었다.

처음부터 올타입은 공격적 마케팅과 파격적인 공모전으로

인해 장르 시장의 독점을 꾀하는 게 아니냐는 추측이 많이 나왔었다.

하지만 그런 우려에도 불구, 많은 작가들이 상금에 눈이 멀어 공모전에 지원했다.

그러나 이 바닥에서 잔뼈가 굵은 작가들은 대부분 공모전에 참가하지 않았다.

결국 김두찬과 채소다, 주화란, 허지나 등, 몇몇의 작가를 제외하면 그다지 화려할 것 없는 축제였다.

한데 채소다와 주화란은 연재 중간 흥미를 잃고 포기했다.

허지나 역시 초반에 상위권에 꾸준히 머무르다가 이 공모전은 잘못되어 있다는 걸 알고서 연재를 중단했다.

그 외에도 제법 네임밸류가 있는 작가들이 있었지만 처음 보는 필명의 작가들이 상위권을 독점하는 기현상에 지레 겁을 먹고 물러났다.

신인 작가에게 공모전에서 밀려 버리면 그것만큼 창피한 게 또 없기 때문이다.

기껏 쌓아왔던 이름값에 흠집이 날 일을 찾아서 할 필요는 없었다.

결국 공모전은 김두찬의 원맨쇼로 끝났다.

"아, 그러고 보니 올타입 공모전의 규칙 중엔 이런 항목이 있었죠. 여러 가지 부적합한 이유로 수상자의 수상이 취소될 경우, 하위 순위권에 있던 글이 그 자리를 대신하게 된다."

"으음!"

모진택이 침음성을 흘렸다.

김두찬의 말대로였다.

때문에 11위부터 30위까지의 글들이 1위부터 20위로 다시 책정되는 것이다.

모진택의 입장에서는 돈을 줄 가치도 없는 형편없는 글들에게 10억을 날리게 되어버린 셈이었다.

그의 속이 뒤집히다 못해 폭발할 지경이었다.

반면 김두찬 때문에 시상식이 엉망이 되었다고 속으로만 원망하던 작가들은 얼굴이 펴졌다.

더 큰돈을 벌게 되었으니 당연한 일이었다.

그렇다 보니 올타임 관계자들 외에 참가자들에게선 어떠한 불만도 터져 나오지 않았다.

그것까지 전부 다 김두찬의 설계 안에 들어 있는 그림이었다.

"그럼 더 길게 얘기할 필요 없겠죠? 제 행동으로 인해 피해 받은 부분이 있다면 소송하세요. 얼마든지 받아들이겠습니다."

김두찬이 그 말을 마지막으로 단상으로 내려왔다.

동시에 자리에 초대받은 작가들과 출판 관계자들의 박수와

환호성이 쏟아졌다.

휘이익!

짝짝짝짝짝!

기자들도 열심히 셔터를 눌러댔다.

김두찬은 지인들에게 다가왔고, 지인들은 그와 한 명씩 가볍게 포옹을 나누었다.

"모든 분들, 찾아와주셔서 감사드립니다. 여기 더 있어도 의미 없으니 나가서 우리들끼리 회포를 풀어볼까요? 제가 사겠습니다."

"아니, 이 자리는 내가 내지! 하하하하!"

김두찬의 화끈한 쇼를 감상한 정태산은 기분 좋게 웃었다.

그러고서는 김두찬에게 어깨동무를 하더니 나직이 속삭였다.

"변호사 필요하면 얘기해. 에이스 군단으로 붙여줄 테니까."

"아마 소송 안 할 것 같지만… 필요하면 말씀드릴게요."

정태산과 김두찬이 이를 훤히 드러내 보이며 웃었다.

김두찬 일행은 그렇게 유유히 시상식장을 빠져나갔다.

모진택 회장은 그 광경을 바라보다가 그대로 졸도했다.

"회장님! 회장님! 119! 119 불러요!"

비서가 쓰러진 회장을 부축하며 소리쳤다.

사람들은 그 광경을 보며 웅성댔고, 기자들의 카메라 셔터가 다시 바빠졌다.

거대한 공룡이 될 것이라 자부했던 올타입은 결국 돈지랄만 하고 아무것도 남기지 못한 종이호랑이가 되었다.

Liking 82

포인트 상점

김두찬은 시상식장을 찾아준 지인들과 함께 일식집에서 술잔을 나누고 있었다.

다들 김두찬의 이 시원한 자작극에 찬사를 보냈다.

특히 민중식 사장은 시장의 독점을 꾀하던 삼진 그룹이 보기 좋게 무너진 것이 영 통쾌했다.

그가 입에 침이 마르도록 김두찬을 칭찬하다가 문득 이런 물음을 던졌다.

"근데 김 작가님. 저도 1위부터 10위까지의 글들을 전부 읽어봤는데 문체가 하나같이 달랐단 말이죠. 그게… 어찌 가능한 건지 아직도 이해가 안 가네요. 허허."

민중식의 상식으로는 도저히 수용하기 힘든 일이었다.

김두찬이 그것을 몸소 해냈음에도 믿기지가 않았다.

이런 일이 가능했던 건 김두찬이 문장력을 S랭크로 올리며 얻은 특전, 아이덴티티 덕분이었다.

아이덴티티는 서로 다른 열 개의 문장력을 완벽히 구사할 수 있게 해준다.

그 능력이 있었기에 김두찬은 1인 10역을 하는 것이 가능했다.

애초부터 이런 계획을 세워두었던 김두찬은 공모전을 준비하며 열 개의 글을 동시 진행시켰다.

그리고 열 개의 서로 다른 아이디를 만들었다.

이후, 공모전에 올릴 글들을 매일 아침 동네의 서로 다른 PC방을 전전하며 업로드했다.

아이피 주소가 겹쳐 버리면 의심받을 수 있기 때문이다.

그렇게 2주간 쉼 없이 오랜 작업을 벌여왔고, 그게 오늘 터진 것이다.

어찌 되었든 김두찬은 아이덴티티의 능력으로 그것이 가능했다고 말할 수는 없었다.

그래서 말을 돌렸다.

"열 작품 다 오래전부터 혼자 준비해 오던 것들이었어요."

"오래전부터요?"

"네. 작가에게 가장 중요한 것은 개성이기도 하지만, 가장 경계해야 할 건 정체라고 생각해서 여러 가지 문체들을 연습하고 있었어요."

"하아, 정말 멋지십니다."

선우동이 저도 모르게 박수를 쳤다.

김두찬이 상황을 넘기기 위해 지어낸 말에 진심으로 감복한 것이다.

그리되니 오히려 김두찬이 조금 미안해졌다.

그래도 어쩔 수 없었다.

인생 역전에 대해 드러낼 수는 없는 노릇이니.

"그렇군요. 하긴… 아무리 김 작가님이라고 해도 그 짧은 시간 동안 열 작품을 동시에 집필해서 연재하는 건 불가능할 테니까요."

민중식이 고개를 주억거렸다.

그러자 류정아가 김두찬의 손을 덥석 잡았다.

"두찬아! 진짜 멋지다! 역시 내 친구. 네 멋짐의 끝은 어디까지인 거야?"

류정아의 눈이 초롱초롱 빛났다.

그녀는 얼마 전 김두찬에게 큰 도움을 받았다.

자신의 아버지가 주먹패 때문에 골머리를 앓고 있던 걸, 김두찬이 전화 한 통으로 해결해 줬다.

당시의 일로 진심도는 10을 찍었다.

이제 류정아는 김두찬을 무조건 맹신하게 된 입장이다.

그런 상황인 만큼 오늘 보여준 김두찬의 활약이 너무나 멋지게 다가왔다.

김두찬이 사람들의 머리 위에 뜬 호감도와 진심도 수치를 살폈다.

그 자리에 모인 사람들의 호감도는 장혁우를 제외하고 전부 100이었다.

진심도는 류정아와 주로미, 서로아가 10, 나머지 사람들은 7에서 9 사이였다.

그중에서 진심도가 9인 사람은 민중식, 정태산이었다.

운이 좋으면 오늘, 그게 아니더라도 두세 번 더 얼굴을 보면 진심도가 10으로 오를 게 분명했다.

'그건 그렇고 새로운 능력을 얻었으면 좋겠는데……'

현재 김두찬의 간접 포인트는 12,600이었다.

오늘은 11월 7일.

몇 시간만 더 지나면 포인트가 리셋되는 8일이 된다.

로나는 포인트를 그냥 날리기 싫으면 포인트 상점을 이용하라고 일렀다.

그것도 방법이기야 하겠지만 김두찬은 이왕이면 새로운 능력에 포인트를 투자하고 싶었다.

그러나.

'여기서는 무리겠지.'

장혁우의 호감도는 54에 불과했다.

'그냥 포인트 상점을 이용하자.'

지금 시간은 오후 7시 32분.

4시간 반이 지나면 자정이다.

아직은 여유가 조금 있었다.

김두찬은 11시 반쯤 되었을 때 포인트 상점을 이용하기로 마음먹었다.

"흐아암~ 할아버지, 나 졸려."

어른들 사이에서 열심히 배를 채운 서로아가 늘어지게 하품을 했다.

이를 본 조선호가 흐뭇한 얼굴로 손녀의 머리를 쓸어내려 주었다.

"그래, 우리 로아가 졸릴 때가 됐지. 할아버지랑 집에 갈까?"

그 말에 서로아가 어떻게 해야 할지 모르겠다는 시선으로 김두찬을 쳐다봤다.

졸려서 자고 싶기는 한데, 김두찬과 더 같이 있고 싶기도 했다.

일식집에 들어와서도 서로아는 김두찬의 옆자리를 꿰찰 정도로 그를 좋아했다.

김두찬이 그런 서로아의 뺨을 살짝 어루만졌다.

"로아야, 졸리면 들어가서 자. 조만간 오빠가 놀러갈게."

"언제 놀러 올 건데?"

"음… 내일 갈까?"

안 그래도 김두찬은 서로아와 새로운 작품 얘기를 해야 했다.

김두찬이 올타입에 올린 소설 중에는 동화도 있었다.

공모전 최종 스코어 6위를 한 불개미가 바로 동화였다.

이번 동화는 글을 어느 정도 익힌 초등학교 저학년들을 대상으로 하고 있었다.

한데 어른들이 읽으면 어린이는 찾아내지 못한 감성과 숨겨진 뜻을 발견하게 되고, 어린이의 시선과는 또 다른 해석을 내놓게 되는 재미있는 글이었다.

한마디로 전 연령이 즐길 수 있는 글이었다.

그 때문에 동화임에도 불구, 올타입 공모전에서 6위를 거머쥘 수 있었던 것이다.

김두찬은 불개미의 작화를 서로아에게 부탁하려 했다.

"내일? 정말 내일 올 거야?"

"그럼~"

"웅! 그럼 기다릴 수 있어요! 헤헤헤."

서로아가 김두찬의 옆구리에 매미처럼 매달려 뺨을 마구 비벼댔다.

조선호가 그런 서로아를 조심스레 떼어내서는 모든 이들과 작별을 고했다.

"그럼 로아는 할아버지랑 가볼게요! 맛있게 드세요!"

씩씩하게 인사하는 서로아로 인해 모두의 얼굴에 미소가 깃들었다.

어른들은 너도나도 서로아에게 작별 인사를 건네며 배웅해 줬다.

정태산은 자기 매니저에게 둘을 댁까지 조심히 모셔달라 부탁했다.

서로아와 조선호가 떠난 뒤, 본격적으로 어른들의 술자리가 시작됐다.

다들 술이 들어가며 흥이 올라 이런저런 얘기들을 늘어놓기 바빴다.

한데 그 와중 주로미의 소속사인 무하 엔터테인먼트의 명예 회장 장혁우만 별말이 없었다.

그는 이 모임의 손님이라도 되는 것처럼 나서지 않고 조용히 술만 홀짝였다.

'분위기가 상당히 특이해.'

김두찬이 장혁우를 저도 몰래 관찰하며 그리 생각했다.

그때였다.

다른 사람의 이야기에 집중하고 있던 장혁우가 갑자기 김두찬을 바라봤다.

순간적으로 두 사람의 시선이 허공에서 부딪혔다.

갑자기 어색한 기류가 흘렀고, 김두찬이 멋쩍은 웃음으로 상황을 넘기려 하는데 그보다 먼저 장혁우가 미소를 지었다.

그러고서는 언제 그랬냐는 듯 시선을 돌렸다.

'음…….'

김두찬은 장혁우에게서 지금까지 만났던 사람과는 다른 무언가를 느꼈다.

그게 뭐냐고 물어보면 콕 집어 대답할 수는 없었다.

그것은 감각적인 부분이었기 때문이다.

'기회가 되면 좀 더 알고 싶은데.'

장혁우에게는 사람을 끌어당기는 묘한 매력이 있었다.

그래서 그와의 거리를 좁히고 싶었다.

하지만 오늘은 그에게서 모든 사람과 적당한 거리를 유지하고 싶다는 기운이 강하게 느껴졌다.

'무리하지 말자.'

김두찬은 생각을 접고 사람들의 대화에 참여했다.

한참 이런저런 얘기들이 오가던 중, 민중식이 조심스레 김두찬에게 물었다.

"김 작가님, 그런데 올타입 공모전에 출품했던 작품들은 바로 유료 서비스를 시작하실 건가요?"

"네."

"열 작품을 동시에 서비스할 생각이신지……?"

"음… 일단 불개미는 책으로 먼저 낼 거예요. 내일 로아한테 작업 얘기를 해보려고요."

"네네, 그렇죠. 불개미는 동화이니만큼 그게 맞는 수순이지요."

"나머지 아홉 편은 동시 서비스할 예정입니다."

김두찬의 폭탄 발언에 그 자리에 있는 모두의 눈이 휘둥그레졌다.

가장 놀란 사람은 민중식과 선우동이었다.

"자, 작가님! 그게 가능합니까?"

선우동이 숨넘어갈 듯 김두찬에게 물었다.

그에 김두찬이 옅은 미소를 머금고서 고개를 끄덕였다.

"네. 사실, 현대영웅전 빼고 다른 작품들은 전부 완결까지 집필된 상태거든요."

"……!"

오늘 사람들은 김두찬의 발언에 여러 번 놀라고 말았다.

"세상에……."

"그럼 이거… 열 작품 동시에 연재한다고 해도 전혀 무리가 없단 말 아닙니까?"

민중식이 겨우겨우 말을 이었다.

열 작품들이 완결되지 않은 상태였다면 모르겠으나, 이미 완결이 되었다고 하니 연중을 염려는 할 필요가 없었다.

김두찬이 고개를 끄덕였다.

"네. 대부분 한 권 내지 두 권으로 완결되는 일반 소설 장르니까 보름 내로 연재 끝내고 종이책으로 출간하면 될 것 같아요."

마음만 먹으면 하루에 한 권씩도 뽑아내는 김두찬이다.

14일이라는 공모전 기간 동안 아홉 작품을 한 권 내지 두 권 분량으로 마무리 짓는 건 크게 어려운 일이 아니었다.

"혹… 작가님. 그 원고들……."

선우동이 김두찬의 눈치를 살피며 본론을 꺼내려 했다.

이미 그의 심중을 훨씬 전부터 파악하고 있던 김두찬이 흔쾌히 승낙했다.

"네, 드릴게요. 계약은 지금까지처럼 해주세요."

"알겠습니다! 빠른 시일 내로 다시 찾아뵙겠습니다!"

"기다릴게요."

"우리 소속사 작가가 아띠 출판사 입장에서는 보물이겠습니다?"

돌아가는 상황을 지켜보던 정태산이 뿌듯해서 한마디를 내뱉었다.

그에 민중식은 함박웃음을 지으며 말을 받았다.

"아무렴요. 보물이라는 표현으로는 부족하지요. 허허허."

"자자, 건배합시다!"

정태산의 건배 제의로 모두가 잔을 들었다.

이후로 다시 홍겨운 술자리가 이어졌다.

시간은 빠르게 흐르고 자정을 고작 20분 남겨둔 시각.

─두찬 님. 지금 포인트 상점을 이용해 보시겠어요?

로나가 김두찬에게 물어왔다.

'안 그래도 그럴 참이었어. 접속은 어떻게 해?'

─포인트 상점에 접속하겠다는 의지를 일으키면 된답니다.

로나의 설명에 따라 김두찬이 의지를 일으켰다.

그러자 그의 눈앞에 시스템 메시지가 나타났다.

[포인트 상점에 접속하시겠습니까?]
YES/NO

김두찬이 망설임 없이 YES를 선택했다.

그러자 새로운 시스템 메시지가 떠올랐다.

[포인트 상점에 온 것을 환영합니다. 원하시는 번호를 선택하세요.]

1. 100 직접 포인트를 1,000 간접 포인트로 산다.

2. 1핵을 10,000 간접 포인트로 산다.

3. 행운의 룰렛을 5,000 간접 포인트로 1회 돌린다.

김두찬이 각 번호의 내용을 빠르게 훑었다.

1번과 2번은 적혀 있는 것이 전부였기에 이해가 어렵지 않았다.

한마디로 간접 포인트를 투자해 직접 포인트, 혹은 핵을 살 수 있는 시스템이었다.

1,000 간접 포인트로 100 직접 포인트를 살 수 있으니 10:1의 환율이 되는 것이다.

또한 핵은 1만 간접 포인트로 구입할 수 있었다.

'1번은 은근 괜찮지만 2번은 영⋯⋯.'

핵은 지금으로써는 김두찬에게 큰 의미가 없었다.

때문에 절대 선택하지 않을 항목이었다.

'문제는 저 3번인데.'

3번 항목에서 말하는 행운의 룰렛이라는 것이 무언지 애매했다.

—궁금하면 자세히 보면 되는 일이랍니다.

로나의 그 말이 무얼 의미하는지 김두찬은 바로 알아챘다.

그가 행운의 룰렛을 자세히 알아보고 싶다고 생각했다.

그러자마자 시스템 메시지가 사라지고 커다란 원형 룰렛이 눈앞에 나타났다.

룰렛은 총 30칸으로 나뉘어져 있었는데 그 크기가 동일했다.

그중 15칸은 쪽박, 12칸은 중박, 3칸은 대박이라는 글씨가 적혀 있었다.

그리고 중앙에 돌릴 수 있는 바늘이 보였다.

'대박, 중박, 쪽박? 어느 칸에 걸리느냐에 따라 보상이 어마어마하게 차이 나는 모양이지?'

ㅡ그렇답니다.

'각각의 보상 내용은 뭐야?'

ㅡ백문이 불여일견이랍니다.

'좋아. 3번!'

김두찬이 선택지 중 3번을 선택했다.

그러자 5,000 간접 포인트가 차감되며 룰렛의 바늘이 빠르게 돌아갔다.

'제발, 대박. 대박. 대박!'

보상이 뭔지는 모르지만 쪽박, 중박, 대박 중에서는 무조건 대박이 좋다.

힘차게 돌아가던 바늘에 점점 힘이 빠졌다.

이윽고 바늘은 현저히 느려지는가 싶더니 어느 지점에 멈춰섰다.

이를 본 김두찬의 눈이 커졌다.

바늘이 가리키는 칸은 쪽박이란 글씨가 적혀 있었다.

'안 돼!'

김두찬이 속으로 절규하는 순간.

스르륵.

멈춘 줄 알았던 바늘이 미세하게 움직였다.

그러고는 아슬아슬하게 옆 칸의 경계선을 넘어가서 완벽하게 멈췄다.

바늘이 멈춘 칸은 중박이었다.

'휴우우.'

김두찬이 안도의 한숨을 내쉬었다.

─중박에 당첨되신 것을 축하드립니다. 쪽박이었으면 큰일 날 뻔했답니다.

'쪽박에 걸리면 어떻게 되는데?'

─시뮬레이션을 한번 해드리겠으니 직접 확인하세요.

로나가 말을 하는 순간 바늘이 다시 쪽박 칸으로 이동했다.

순간 쪽박이라 써진 패널이 빙글 뒤집어졌다.

그러자 '간접 포인트 ─300'이라는 글씨가 나타났다.

'간접 포인트 마이너스 삼백? 이거… 설마.'

─그 설마랍니다. 간접 포인트를 300 잃게 된답니다. 심한 경우 1만 포인트가 날아가는 경우도 있으니 항상 조심해야 한 답니다.

'흐아아, 큰일 날 뻔했네.'

─이제 진짜 보상을 받아봐야겠죠?

시뮬레이션이 끝나자 바늘이 다시 중박 칸으로 이동했다.

이어, 패널이 빙글 뒤집혔다.

김두찬은 은근히 기대하는 얼굴로 보상을 살폈다.

[핵+1]

'핵?'

김두찬이 눈을 끔뻑거렸다.

이어, 상태창이 저절로 나타나며 0개였던 핵이 1개로 늘어 났다.

'중박에서는 핵을 얻을 수 있구나.'

─뿐만 아니라 간접 포인트를 랜덤으로 획득할 수 있답니 다. 운이 좋으면 1만 포인트까지 수령 가능하답니다.

'그렇군. 그나저나 5,000 간접 포인트로 핵 한 개라.'

결과적으로는 이득이었다.

포인트 상점에서 파는 핵은 개당 1만 간접 포인트로 가격 책정이 되어 있었다.

한데 5,000 간접 포인트로 룰렛을 돌려 얻었으니 그 절반 가격으로 핵을 얻은 것이다.

—이것으로 남은 간접 포인트는 7,600! 이제 어떻게 하시겠어요? 어차피 핵은 살 수 없으니 간접 포인트를 전부 760 직접 포인트로 교환하든가, 룰렛을 돌리고 남은 간접 포인트를 직접 포인트로 교환하는 두 가지 선택지가 있답니다.

김두찬은 잠시 고민하다가 대답했다.

'룰렛을 한 번 더 돌리겠어.'

—괜찮으시겠어요? 혹시라도 쪽박이 나오면 아까운 포인트만 날리는 셈이랍니다.

'아니, 절대 날리지 않아.'

—어떻게 장담하시나요?

'나한테는 미연이한테서 받은 행운이 있잖아.'

김두찬의 명쾌한 대답에 로나는 웃음기 어린 음성으로 말했다.

—바로 그거랍니다.

'…바로 그거라니? 설마.'

—바로 그 설마랍니다아~

'이미 그걸 생각하고 있으면서 날 시험해 봤던 거라 이거지?'

—능력을 줬는데도 사용하지 못한다면 돼지 목에 진주 목걸이밖에 되지 않으니 지금처럼 적절한 학습이 필요하답니다.

로나는 이것이 시험이 아니라 학습이라 강요했다.

김두찬은 속으로 피식 웃고서 그녀의 말을 이견 없이 받아들였다.

'알았어. 고마워, 로나.'

—예전보다 성격이 많이 유해지셨네요.

'성장했다고 하자. 툭 하면 발끈하던 그때의 난 잊어줘.'

—그럼 룰렛을 돌려볼까요?

'오케이.'

김두찬이 룰렛의 바늘을 다시 돌렸다.

핑그르르르르!

룰렛의 바늘이 힘차게 돌아갔다.

김두찬은 그것을 지켜보고 있다가 바늘의 회전력이 약해져 비실비실거릴 때쯤.

'지금!'

행운의 S랭크 특전 '대길'을 사용했다.

대길은 일주일에 한 번만 사용 가능한 힘으로 5초 동안 행운을 200% 증가시킨다.

일전에 김두찬은 이 능력을 사용해서 백만 원짜리 복권에 당첨되기도 했었다.

'이번에도 부탁한다!'

김두찬은 바늘이 대박 칸에 멈추기를 간절히 바랐다.

대길의 힘이 유효한 시간 5초가 빠르게 흘러갔다.

만약 5초가 다 지나 버린 다음에 바늘이 멈추면 아무런 의미가 없다.

카운트가 끝나기 전에 바늘이 멈춰야 한다.

그래서 김두찬은 바늘이 멈출 때쯤 대길을 사용한 것이다.

5. 4. 3. 2. 1.

5초가 금방 흘러가고 카운트가 끝나기 직전에, 바늘은 완전히 멈춰 섰다.

룰렛에 있는 대박 칸은 단 세 개!

확률적으로 대박에 바늘이 멈출 확률은 대단히 낮았다.

하지만 대길은 그 확률의 기적을 만들어냈다.

바늘은 대박 칸에 멈췄다.

'됐어.'

김두찬이 아무도 모르게 주먹을 불끈 쥐었다.

중박 칸에만 멈춰 서도 간접 포인트, 혹은 핵을 보상으로 줬다.

그렇다면 대박 칸에서는 어떤 보상이 주어질 것인가?

김두찬의 두 눈에 기대가 가득 차올랐다.

바늘이 멈춘 칸의 패널이 휘릭 뒤집어지고 보상 내용이 나타났다.

김두찬이 그것을 읽었다.

거기엔 이런 문자가 적혀 있었다.

[증강핵+1, 직접 포인트+1,000]

'터졌다.'

잭팟이다.

증강핵을 주는 것도 모자라 직접 포인트 1천까지 얻었다.

직접 포인트 1천은 간접 포인트 1만이 있어야 교환할 수 있는 액수다.

게다가 증강핵은 애초에 팔지를 않는다.

그러니 5천 간접 포인트로 어마어마한 이득을 본 것이다.

—와아! 정말 축하드려요! 대박 중에서도 초대박을 터뜨리셨네요?

'그런 거야?'

—대박에서 나오는 건 증강핵, 혹은 랜덤 직접 포인트, 마지막으로 둘 다랍니다. 그런데 둘 다 얻으신 데다가 직접 포인트는 1,000이 떴으니 대박 중의 대박이랍니다.

'우와.'

로나의 설명을 듣고 나니 기분이 더 좋아지는 김두찬이었다.

이제 남은 간접 포인트는 2,600이었다.

김두찬은 그것을 전부 260 직접 포인트로 교환했다.

간접 포인트는 0이 되었고 직접 포인트는 기존의 것과 합쳐져 4,825가 되었다.

더 이상 사용할 간접 포인트가 남아 있지 않게 되자 포인트 상점은 자동으로 접속 해제되었다.

첫 번째 상점 나들이는 상당히 만족스러웠다.

'간접 포인트를 이렇게 사용하는 게 더 이득인데?'

─대길이 항상 대박에다 바늘을 가져다주는 건 아니랍니다. 대길을 사용해도 쪽박이 걸릴 수 있답니다. 어디까지나 대길은 행운을 높여 좋은 결과가 나올 확률을 높여주는 것이에요. 확정된 행운을 가져다주는 것이 아니기에 낮은 확률로 쪽박에 걸릴 수도 있으니 너무 도박에 의존하지 않는 게 좋답니다.

'알았어. 굳이 룰렛 돌리려고 포인트를 모으거나 하진 않을 테니까 안심해.'

다만, 이번처럼 간접 포인트를 사용할 곳이 없어 축적된 경우에는 룰렛을 사용하는 게 낫다는 판단이었다.

포인트 상점의 이용을 끝내고 나니 자정이 되기 십여 분 전이었다.

그때 김두찬의 눈앞에 새로운 시스템 메시지가 나타났다.

[보너스 미션]

올타입 공모전에서 대상을 받으세요. ―클리어!

'보너스 미션 클리어? 이게 왜 이제야 떠? 아까 시상식장에서 떴어야 맞는 거 아니야?'

―그 부분에 대해서는 인생 역전 게임 자체적 판단이 조금 필요했답니다.

'무슨 판단?'

―두찬 님께서 대상을 탄 건 맞지만 수상을 거부해서 탈락된 것이기도 하기에 이걸 대상으로 봐야 하는지 말아야 하는지에 대해서 게임 시스템 스스로 판단을 하는 데 시간이 걸렸답니다.

'허어… 그런 판단도 해?'

―인생 역전이니까요.

'하긴. 그래서, 결과적으로 대상으로 인정했다는 거네?'

―그러니까 클리어 메시지가 나타났겠죠?

그때 시스템 메시지가 바뀌었다.

[보너스 미션을 클리어했으므로 보상이 주어집니다. 두찬 님의 능력 중 하나가 무작위로 한 단계 업그레이드됩니다.]

그제야 김두찬은 보너스 미션의 보상을 기억해 냈다.

'맞다. 이런 보상이었지. 반대로 실패하면 무작위 능력 하나가 너프되는 거였고.'

김두찬이 그런 생각을 하는 사이 새로운 시스템 메시지가 떠올랐다.

[보상이 주어졌습니다.]

'뭐가 올라간 거지?'

[얼굴의 랭크가 SS로 업그레이드됐습니다. 랭크 업 특전이 주어집니다. 초월 청각을 얻었습니다.]

무작위로 올라간 랭크는 다름 아닌 얼굴이었다.

아울러 초월 청각이라는 능력을 얻게 되었다.

'초월 청각?'

김두찬이 상태창을 열어 초월 청각을 자세히 살폈다.

[초월 청각―보통 사람의 청각보다 10배 더 뛰어난 청력을 갖게 됩니다.]

'보통 사람보다 10배 뛰어난 청력이라고?'

그게 어느 정도인지 김두찬은 가늠하기 힘들었다.

그러자 로나가 끼어들었다.

─개보다 조금 떨어진다고 생각하시면 된답니다.

김두찬이 알기로 개의 청각은 사람의 16배다. 책에서 그런 내용을 접한 기억이 있었다.

'그럼 이거 불편한 거 아니야?'

귀가 너무 좋으면 원하지 않아도 별의별 잡다한 소리들을 다 듣게 아닌가 싶었다.

하지만 김두찬의 걱정은 기우였다.

─초월 청각은 기본적으로 패시브 능력이지만 두찬 님께서 원하실 때에만 그 힘을 사용할 수 있게 설정 가능하답니다.

'그게 편하겠는데.'

─설정되었답니다. 이제 두찬 님께서 원할 때에 초월 청각의 힘을 사용할 수 있답니다.

김두찬은 시험 삼아 초월 청각의 힘을 사용해 봤다.

그러자 그가 평소에 들을 수 있던 청력의 한계가 넓게 확장됐다.

이어 일식집 안에서 나는 모든 소리들이 전부 귓속으로 흘러 들어왔다.

각각의 방에서 사람들이 떠드는 소리, 잔을 부딪치는 소리, 수저를 집는 소리, 주방에서 음식을 만드는 소리, 복도를 걸어 다니는 소리, 심지어 화장실 안에서 누군가 볼일을 보는 소리와 식당 정문 앞에서 통화를 하는 음성까지!

'허어, 장난 아닌데.'

이 정도면 김두찬의 주변에서 누군가가 저들끼리 속삭이는 소리까지 전부 들을 수 있을 정도였다.

'한데 들리는 정보의 양이 너무 많아서 누가 뭐라고 하는 건지 알기가 힘들어.'

—듣고 싶은 소리에 집중해 보시겠어요?'

김두찬은 로나의 말대로 여러 가지 소리 중 주방에서 나는 소리에 집중했다.

그러자 다른 소리들이 희미해지더니 주방에서 음식을 만드는 소리와 조리사들끼리 나누는 잡담만이 크게 들려왔다.

'이거 끝내준다, 로나.'

설마 얼굴의 랭크를 올렸는데 이런 초인적 능력을 얻게 되리라고는 생각도 못 했다.

'하긴 처음 S랭크를 찍었을 때 얻었던 것이 초월 시각이었으니……'

그런 수순으로 생각해 보면 SSS랭크로 올릴 경우 초월 후각을 얻게 되는 건 아닐까 싶었다.

'상태창을 한번 볼까.'

김두찬이 초월 청각의 힘을 닫고 상태창을 띄었다.

방금 업그레이드된 얼굴은 SS랭크로 바뀌어 있었고, 초월 청각이라는 능력이 추가된 상태였다.

직접 포인트는 5,015.

A급의 능력 하나를 업그레이드시킬 수 있는 수치였다.

아울러 증강핵이 2개이니 다른 능력치도 두 번 업그레이드가 가능했다.

'어떤 걸 올리는 게 좋을까?'

김두찬이 자신의 능력들을 훑어보며 혼자만의 생각에 빠져 있을 때, 누군가 그의 무릎을 부드럽게 쓰다듬었다.

정미연이었다.

"자기, 괜찮아?"

"응. 괜찮아. 잠깐 무슨 생각 좀 하느라고 멍했어. 미안."

"혼자만의 세상에 빠지지 말고 집중해. 좋은 자리잖아."

듣고 보니 그랬다.

능력을 업그레이드하는 것이야 나중에 혼자 있을 때 해도 늦지 않다.

적립된 포인트와 증강핵이 어디로 가버리는 게 아니니까.

"그래야지."

고개를 끄덕인 김두찬이 다시 대화에 참여했다.

그가 열정적으로 끼어드니 사람들 사이에 오가는 대화가 전보다 활기차졌다.

그렇게 좋은 사람들과의 즐거운 시간이 흘러갔다.

*   *   *

다음 날.

환상서는 한바탕 난리가 났다.

Liking 83

여행객은 행운을 싣고

no. 330213 김두찬 작가 열 작품 동시 연재, 실화입니까?

no. 330214 그 와중에 더 싸가는 오늘도 10연참입니다, 여러분.

no. 330215 김두찬 작가님은 사람이 아닙니다. 신입니다.ㅡ_ㅡ;

no. 330216 꿈을 꾸고 있는 것 같네요. 눈으로 보고 있으면서도 믿을 수가 없다는.

환상서의 게시판엔 이른 아침부터 김두찬에 대한 이야기로 가득했다.

새벽 5시를 기점으로, 김두찬의 이름으로 된 9개의 신작 소설 게시판이 생성됐기 때문이다.

게다가 모든 소설들을 10화씩 연재했다.

더 중요한 건, 그 소설들 모두 즐겨찾기가 무서운 속도로 붙고 있다는 사실이다.

지금 시간은 오전 8시.

9개의 소설들이 연재된 지 3시간밖에 지나지 않았다.

그런데 모든 소설들의 평균 조회 수가 전부 1만을 돌파했다.

이 기세라면 환상서의 무료 연재 일일 베스트에 전부 김두찬의 이름만 오를 판이었다.

그야말로 김두찬이 환상서에 핵폭탄을 떨어뜨린 것이다.

그런 상황이니 환상서가 뒤집히는 게 당연했다.

물론 독자들은 김두찬이 올타입 공모전에 참가했다는 것을 알았으며 시상식에서 저지른 역대급 스케일의 사건 역시 알고 있었다.

불과 하루 전의 일이지만 사이즈가 큰 초유의 사태인지라 수십 건의 인터넷 기사가 올라왔다.

이 기사들은 다시 인터넷 동호회, 대형 커뮤니티 사이트, 블로그, 카페 등을 통해서 전광석화처럼 퍼져 나갔다.

환상서에도 밤새도록 이 사건이 회자됐다.

그러다 보니 이 사건은 '정의의 심판'이라는 이름으로 불리게 되었다.

E—Book 시장을 독식하려던 삼진 그룹을 김두찬 개인이 짓밟아 버렸다.

그 사실이 네티즌들에게는 상당히 통쾌하게 다가왔다.

물론 그 통쾌함을 자아내게 한 원인에 삼진 그룹 자체의 이미지가 개판인 것도 한몫했다.

삼진 그룹은 삼진 가문의 귀족 의식 및 갑질 논란, 정경유착 등 안 좋은 사건들에 많이 연루됐다.

때문에 국민들은 삼진 그룹에 안 좋은 시선을 던지고 있었다.

그런 와중 개인이 그룹을 짓밟아 버리는 사건이 벌어졌으니 정의의 심판이라는 이름이 붙여질 만했다.

아무튼 그런 상황이니 김두찬이 이미 열 개의 소설을 집필하고 있다는 건 독자들도 알고 있었다.

하지만 그 소설들이 전부 완결까지 집필되어 있다는 건 몰랐다.

이걸 모르는 입장에서는 아무리 김두찬이라고 해도 열 개의 소설을 동시에 연재한다는 게 놀라울 따름이었다.

게다가 첫날부터 전부 10연참을 때렸다.

만약 서로아와 작업해야 하는 불개미까지 함께 연재했다면 11개의 소설을 동시 연재했을 터였다.

그러나 불개미는 책으로 먼저 출간해야 하기에 리스트에서 빠졌다.

점심나절.

서서히 독자들이 예상했던 사건이 벌어지기 시작했다.

환상서의 투데이 베스트 10위권 안에 김두찬의 작품 7개가 랭크되었다.

환상서는 엄연히 장르 소설의 힘이 크게 작용하는 곳이다.

한데 김두찬이 올린 소설 대부분이 장르가 아님에도 순위권에 들어버린 것이다.

no. 330233 드디어 김두찬 작가님이 일냈습니다.

no. 330234 자신의 신작 작품들로 순위를 줄 세우기 해버리는 기염을 토하다니!

no. 330236 여러분, 이게 신작 연재 첫날 벌어진 일입니다.

그리고 세 시간이 더 지났을 때.

1위부터 9위까지 전부 김두찬의 이름으로 도배가 되었다.

더 사가는 유료 연재였기에 무료 연재와는 따로 순위 집계가 되므로 그나마 한 자리를 다른 작가에게 내준 것이다.

김두찬은 환상서에서 단 한 번도 유례가 없었던 일을 해냈다.

                    *   *   *

  이른 저녁.

  작업실에는 주화란과 채소다만 있었다.

  김두찬은 서로아를 만나러 가고 없었다.

  두 사람은 환상서의 메인 페이지를 하염없이 쳐다보는 중이
었다.

  "진짜… 우리가 대단한 사람이랑 같이 지내고 있는 거구
나."

  주화란이 홀린 듯 중얼거렸다.

  "얘 이러다 우주까지 진출하겠네."

  채소다가 한 손에 과자 봉지를 들고서 아그작아그작 씹어
먹으며 말했다.

  "김 작가님 정말 어마어마한 것 같아. 그렇지?"

  "응, 천재는 날 때부터 천재라더니."

  그 말에 주화란이 채소다를 의아하게 바라봤다.

  "소다야. 네가 그런 말 할 건 아닌데?"

  "우웅?"

  채소다가 과자를 한 줌 쥐어서 입에 한가득 물고 눈을 동그
랗게 떴다.

"내가 보기에 김 작가님은 엄청난 노력파거든. 틈만 나면 손에서 책을 놓지 않는 데다가 매일 쉬지 않고 글을 써대잖아."

"우웅."

채소다가 입속 가득한 과자를 우물거리며 고개를 끄덕였다.

"그런데 너는 딱히 그렇게 크게 노력한다는 이미지가 없거든."

"꿀꺽! 그건 맞아! 난 그냥 적당히 일하고 많이 노는 게 좋아."

"바로 그거야. 노력하는 모습이라고는 요만큼도 보이지 않는데 썼다 하면 대박이잖아."

"두찬이는 나보다 백 배 정도는 더 대박나는데?"

"노력하는 김 작가님이랑 팡팡 놀면서도 그 정도의 글이 나오는 너랑 비교하는 것 자체가 좀… 아닌 것 같지 않니?"

"그런가?"

"아무튼 김 작가님도 김 작가님이지만, 너야말로 정말 천재과라는 걸 인지 좀 해."

"후웅."

"근데 소다야. 나 전부터 궁금한 게 있었는데 실례일까 싶어서 물어보지 못했었거든."

"뭔데?"

"너 왜 그렇게 본명을 감추려는 거야? 판타지 소설을 여성 작가가 쓴다 그러면 여론이 안 좋을까 봐서?"

채소다는 김두찬에게 자신이 필명을 고집하는 이유에 대해 얘기를 한 적이 있었다.

하지만 주화란에게는 한 번도 말해주지 않았었다.

"그것도 그거지만… 본명으로 출간했던 첫 번째 작이 완전히 궤멸당하는 바람에 사용할 수가 없어."

"뭐? 너도 말아먹은 작품이 있어?"

"응. 채소다라는 이름은 처녀작 말아먹으면서 공중 분해됐어. 그다음부터는 서태휘로 활동 중이라는."

"그랬구나. 천재도 비틀거릴 때가 있네."

주화란은 그리 말하면서 골똘히 생각에 빠졌다.

한데 그녀 역시 정작 자신의 천재성에 대해서는 전혀 인지하지 못하고 있었다.

*   *   *

서로아의 집으로 향하는 밴 안에서 김두찬은 어떤 능력치를 올리는 게 좋을지 고민했다.

그런데 장대찬이 중얼거리는 소리가 들려왔다.

"학생들이 여행하다 돈이라도 떨어졌나."

그 말에 김두찬이 고개를 돌려 창밖을 바라봤다.

저 멀리 도로변에서 다섯 명의 여학생들이 엄지손가락을 든 채 차를 잡으려 하고 있었다.

등에는 하나같이 커다란 아웃도어 백을 매고 있었고 움직이기 좋은 활동복을 입은 것이 여행을 하는 차림새였다.

못 보고 지나갔으면 몰라도, 이미 봤는데 모른 체할 수가 없는 김두찬이었다.

해서 목적지를 물어보고 가는 방향이면 태워주자고 마음먹었다.

그렇게 생각하고서 여인들을 자세히 살펴보는데 머리 위 호감도 수치가 하나같이 80 이상이었다.

90을 넘는 여성도 한 명 있었다.

'왜 저렇게 호감도 수치가 높지?'

김두찬은 의아했다.

호감도라는 것은 김두찬의 눈밖에 보이지 않는다.

아울러 모든 사람들의 머리 위에 뜨는 호감도는 김두찬 본인에 대한 호감도였다.

궁금해진 김두찬이 장대찬에게 말했다.

"장 매니저님, 저분들 어디까지 가시는지 여쭤보고 태워주는 게 어떨까요?"

김두찬의 제안에 장대찬이 감탄했다.

"역시 김 작가님! 항상 어려움에 처한 사람들을 모른 체하지 않는 모습! 멋지십니다!"

장대찬은 히치하이킹을 하는 여성들의 앞에 차를 세웠다.

네 명의 여성은 유리를 검게 선팅한 커다란 밴 한 대가 멈춰서자 짐짓 당황했다.

차를 얻어 타야 할 상황이긴 했는데 설마 이런 차가 멈춰설 줄은 몰랐던 것이다.

"뭐야? 연예인 차야?"

네 명의 여성 중 가장 키가 크고 건강미가 돋보이는 '이은정'이 친구들에게 물었다.

그에 예쁘장한 얼굴에 장난기 가득한 '강동주'가 금발을 급히 정리하며 기대를 품었다.

"설마 우리 태워주려고 멈췄나?"

그러자 보랏빛의 짧은 커트 머리가 눈에 확 뛰는 '신지혜'가 격하게 고개를 끄덕였다.

"분명히 백 퍼센트 그럴 거야."

신지혜는 일행 중 가장 보이쉬한 매력이 물씬 풍기는 여인이었다.

게다가 매우 긍정적이었다.

한데 그녀의 옆에 서 있는 '김예랑'은 세상 우울한 음성을 흘리며 고개를 저었다.

"그럴 리가 없어. 우리가 이 모양 이 꼴이 된 것도 다 나 때문인데… 나랑 있으면 불행해지는 거야."

김예랑은 친구들 사이에서 가장 예뻤다. 하지만 동시에 제일 비관적이기도 했다.

저 얼굴에 미소만 지어줘도 남자들이 줄을 설 텐데, 하고 친구들을 늘 말하지만 김예랑의 우울함은 쉬이 가시지 않았다.

네 명의 여인이 저마다 한마디씩 하고 있자니 밴의 뒷문이 스르르 열렸다.

과연 밴 안에서 누가 모습을 드러낼 것인지 한창 기대를 하고 있는데.

"안녕하세요. 어디까지 가세요? 가는 길이거나 멀지 않으면 태워 드릴게요."

얼굴에서 후광이 마구 비치는 초절정 미남이 모습을 드러냈다.

김두찬이었다.

네 명의 여인은 김두찬의 미모에 숨이 막혀 넋을 잃었다.

심장도 정지하고 뇌까지 정지한 것 같았다.

SS랭크가 되어버린 김두찬의 미모는 보는 사람을 그대로 홀려 버릴 만큼 아름다웠다.

아니, 이제는 아름다움을 넘어서서 거의 황홀경에 다다를 지경이었다.

잠시 멍해 있던 네 명의 여인은 동시에 정신을 차리고 더듬 더듬 입을 열었다.

"아, 어… 저 그러니까."

"태워주신다고요?"

"어……? 기, 김두찬 작가님 아니세요?"

"거짓말이야. 나한테 이런 일이 일어날 리 없어……."

"꺄악! 지, 진짜 김 작가님!"

"이거 실화니, 얘들아……."

한 박자 늦게 김두찬을 알아본 여인들은 전보다 더 놀라서 호들갑을 떨어댔다.

동시에 그녀들 머리 위의 호감도가 7에서 10까지 대폭 솟구쳤다.

김두찬은 생각지도 못했던 상황에 속으로 너털웃음을 흘렸다.

이렇게까지 열광적으로 좋아해 주니 괜히 민망했다.

"김두찬 작가님 맞으시죠?"

가장 먼저 안정을 찾은 이은정이 또박또박 질문을 던졌다.

김두찬이 미소 지으며 고개를 끄덕였다.

"네, 맞아요."

"꺄악! 김두찬 작가님! 저, 작가님 팬이에요!"

"저도요! 우리 네 사람 전부 작가님 팬클럽 회원들이에요!"

"거기서 정모에 참가했다가 알게 된 사이고요!"

강동주와 신지혜가 신이 나서 경쟁하듯 말을 뱉었다.

그제야 김두찬은 네 여인의 호감도가 왜 그렇게 높았는지 이해할 수 있었다.

아울러 자신을 알아보는 순간 높은 폭으로 솟구친 것 역시 납득이 됐다.

이제는 네 명 모두 호감도가 90 이상이었다.

특히 강동주의 호감도는 97이었다.

'안 그래도 새로운 힘을 갖고 싶던 참이었는데.'

생각을 하면 생각하는 대로 일이 풀려 나가는 듯한 기분마저 들었다.

운이 높으니 이런 행운까지 따라붙는 건가 싶었다.

아무튼 신기한 건 신기한 거고 언제까지 도로변에 주차를 하고 있을 순 없는 노릇이었다.

"저… 차를 도로변에 계속 세워놓기가 좀 난감해서요. 어디까지 가시는지 말씀해 주시겠어요?"

김두찬이 도로를 살피고서는 재차 물었다.

그제야 상황을 인지한 이은정이 얼른 대답했다.

"아! 저희… 강변역에 가려고요."

이은정은 제발 김두찬의 목적지와 자신들의 목적지가 비슷하기를 바랐다.

이은정뿐만 아니라 다른 세 여인 역시 비슷한 마음이었다.

다들 가슴 졸이며 김두찬의 입에 집중하고 있을 때.

"그래요? 잘됐네요. 저는 삼성동 가는 길이거든요. 마침 가는 길이니까 강변에서 내려 드릴게요."

바라던 대답이 들려왔다.

"어서 타세요."

김두찬이 합석을 권하며 미소 지었다.

네 여인의 심장이 터질 듯이 격하게 뛰었다.

"우와! 감사합니다!"

"대박… 김두찬 작가님 차를 타다니."

"정말 이게 꿈은 아니겠죠?"

"꿈일지도 몰라… 이런 일이 나한테 일어날 리 없어."

네 여인은 개성에 따라 한마디씩을 흘리며 밴에 올라탔다.

장대찬이 강변을 향해 차를 몰았다.

그러자 네 여인의 얼굴에는 안도감 같은 것이 내려앉았다.

"하아, 다행이다."

강동주가 가슴을 쓸어내렸다.

이를 본 김두찬이 물었다.

"무슨 일 있었나요?"

"아, 그게… 실은 총무가 우리 여행 자금을 완전히 잃어버리는 바람에 난감했거든요."

그러자 김예랑은 한숨을 푹 쉬며 고개를 숙였고, 이은정과 신지혜가 그 모습을 보더니 키득거렸다.

"그래도 뭐… 저한테 신용카드가 있으니 괜찮을 거라 생각했는데, 지갑이 없는 거예요."

"어디에 두고 왔나 보네요."

"그걸 모르겠어요. 두고 온 건지, 소매치기를 당한 건지, 방정 떨다가 떨어뜨린 건지. 은정이는 체크카드도 없고, 그나마 지혜는 한 장 가지고 다니는데 들어 있는 돈이 딱 우리가 집으로 돌아갈 고속버스비 정도뿐이라 난감했어요."

강동주의 푸념에 김예랑이 고개를 절레절레 저었다.

"모두 나 때문이야. 나랑 있으면 불행한 일만 생긴다니까."

그 말에 다른 세 여인이 약속이라도 한 듯 동시에 김예랑의 등을 짝~! 때렸다.

"아야야야!"

김예랑이 고함을 지르며 고개를 들었다.

그녀의 눈에 눈물이 그렁그렁 맺혔다.

"왜 때려!"

이은정이 그런 김예랑을 보며 씩 웃었다.

"야, 이게 어떻게 불행한 일이야? 그 덕분에 김두찬 작가님 만났잖아! 우리 이번 여행에서 이게 가장 대단한 일 아니야?"

"동감! 총무가 잃어버린 돈이야 얼마든지 다시 벌 수 있는 건데, 김두찬 작가님을 이렇게 만나는 건 결코 쉽게 일어날 수 있는 일이 아니라고."

"그래. 지갑 잃어버린 게 가장 찝찝하지만, 카드는 바로 정지시켰고 현금은 하나도 없었으니까 괜찮아."

친구들의 한결같은 위로에 비로소 김예랑은 조금 마음의 무게를 덜 수 있었다.

그러고 나니 비로소 그녀도 김두찬과 자신이 한 공간에 함께 있다는 사실에 전율이 흘렀다.

네 여인은 김두찬의 팬클럽 회원들 중에서도 극성이라고 할 만큼 활동이 활발했다.

그 정도로 김두찬을 좋아했다는 뜻이다.

그런데 그런 김두찬을 돈 잃고 지갑 잃어버리는 바람에 만나게 됐다.

이보다 더한 행운이 어디 있단 말인가?

그동안 선망만 하던 이를 코앞에서 바라보는 네 여인의 눈은 밤하늘의 별처럼 맑게 빛났다.

김두찬이 그런 그녀들과 한 명 한 명 눈을 맞추며 말했다.

"함께할 시간이 길지는 않을 테지만 그래도 통성명은 해볼까요?"

그러자 가장 먼저 강동주가 대답했다.

"전 강동주라고 해요. 작가님처럼 소설가가 되는 게 꿈이고, 문예창작과 재학 중이에요."

"그렇군요."

"이은정입니다. 높이뛰기 선수예요. 국대 수준엔 못 미치지만 상도 여러 번 탔고 꾸준히 열심히 하고 있어요."

"반가워요."

"신지혜예요, 오빠!"

"아… 저 여러분이랑 동갑인데."

"나보다 잘나가면 오빠지, 뭐. 전 딱히 하는 일 없고 백수 생활 즐기고 있어요."

그러자 이은정이 바로 신지혜의 말을 정정했다.

"얘 말은 이렇게 해도 엄청 유명한 비보이 그룹 소속이에요."

"그래요? 춤을 잘 추시나 봐요?"

"하하하! 조금?"

신지혜가 털털하게 웃고서는 손가락으로 브이(V) 자를 그렸다.

김두찬의 시선이 김예랑에게 향했다.

그녀는 얼굴을 잔뜩 붉히고서 자신 없는 음성으로 말했다.

"기, 김예랑이고요……. 그냥 학생이에요. 반가워요."

김예랑은 김두찬과 눈도 못 마주쳤다.

그에 신지혜가 김예랑의 턱을 잡아 확 들어 올렸다.

"야! 같은 사람인데 왜 그렇게 쫄아? 그리고 이번 기회 아니면 네가 또 언제 작가님을 이렇게 가까이서 보겠어?"

"푸하하하! 예랑이 얼굴 봐!"

강동주가 크게 웃으며 이은정의 어깨를 팍팍 쳤다.

"아이고, 저렇게 해도 너보다 예쁘다."

이은정이 그런 강동주에게 바로 팩트 폭력을 날렸다.

확실히 김예랑의 외모는 김두찬이 봐도 넷 중 톱이었다.

신지혜가 계속 말을 이었다.

"그리고 네가 무슨 그냥 학생이야? 오빠! 얘 연기과 재학 중이에요. 여기저기 영화랑 드라마에 단역 출연도 많이 했어요. 아, 맞다! 그리고 몽중인에도 단역 출연했었잖아, 너!"

그 말에 김두찬이 화색을 지어 보였다.

"정말이에요?"

김예랑이 멀뚱거리고 있자 신지혜가 턱을 잡은 손을 아래위로 흔들며 성대모사를 했다.

"네, 맞아요."

"하, 하지 마."

"싫으면 네가 똑바로 얘기해."

"알았어어~"

그제야 신지혜는 김예랑의 얼굴에서 손을 뗐다.

"그렇구나. 너무 수줍음이 많아서 연기 쪽 일을 할 거라곤 생각도 못 했어요."

"예랑이가 평소에는 저런데 숲만 들어가면 완전히 딴사람처럼 변해요."

"맞아. 진짜 신기해."

여인들의 대화를 듣고 있던 김두찬이 김예랑에게 물었다.

"언제 촬영했어요?"

"열흘… 전쯤에요."

"아… 제가 한창 공모전 때문에 바빠서 촬영장에 통 못 찾아가던 때였네요."

"그랬구나. 예랑이가 작가님 볼 수 있을지도 모른다고 엄청 기대했었는데 결국 못 봤다고 엄청 실망했었어요."

"신기하네요."

김두찬은 오늘 우연히 이들과 만나게 된 것이라 생각했다.

그런데 이미 그 전부터 인연의 실이 이어져 있었다.

그 이후부터 다섯 사람 사이에 오가는 이야기가 더욱 풍족해졌다.

밴 안에서는 여인들의 웃음소리가 끊이질 않았다.

갈수록 김두찬에게 묻는 질문들도 많아졌다.

김두찬은 그것을 전혀 귀찮아하지 않고 친절하게 전부 대답해 줬다.

그런 김두찬의 모습이 여인들의 마음을 흔들었다.

결국 강동주의 호감도가 100을 채웠다.

'됐다.'

그녀의 정수리에서 흘러나온 빛의 덩어리가 김두찬의 몸 안으로 스며들었다.

한데 거의 동시에 이은정의 호감도도 100을 찍었다.

연이어 빛 덩어리 하나가 더 김두찬의 몸으로 흘러들어왔다.

[상대방의 가장 뛰어난 능력을 익혔습니다. 보너스 스탯이 추가되었습니다.]

[상대방의······.]

같은 내용의 시스템 메시지가 두 번 반복되자마자 김두찬은 상태창을 열었다.

그러자 새로 얻게 된 능력 두 가지가 눈에 들어왔다.

이름: 김두찬

성별: 남

키: 183㎝

몸무게: 70㎏

Passive

얼굴: 0/100,000(SS-초월 시각, 초월 청각)

…

연기: 0/3,200(A)

언변: 0/1,600(B)

높이뛰기: 0/1,600(C)

두 사람에게서 얻은 능력은 언변과 높이뛰기였다.

로나가 휴면기에서 깨어난 후로 새로 얻은 능력은 F랭크부터 시작하는 게 아니라 김두찬의 현실 능력치를 반영하게 되었다.

김두찬의 언변은 문장력이 받쳐주는 만큼 처음부터 B랭크였다.

아울러 높이뛰기는 S랭크의 체력과 고양이 몸놀림 특성 덕분에 C랭크로 인정되었다.

하지만 랭크만 봐서는 그게 어느 정도의 수준인 건지 가늠하기가 어려웠다.

김두찬이 각 랭크의 특전 사항을 살펴봤다.

[언변 특전]

—E랭크 특전: 말을 할 때 쓸데없는 잡설을 거르게 됩니다.

—D랭크 특전: 청중을 집중시키는 말투와 목소리 톤을 갖게

됩니다.

　―C랭크 특전: 똑같은 이야기를 해도 사람들의 관심과 주의
를 더 끌게 됩니다.

　―B랭크 특전: 아무리 재미없는 이야기도 흥미롭게 살려서
말을 할 수 있게 됩니다. 아무 때나 입을 열어도 모든 청중들을
집중시키는 것이 가능해집니다.

　[높이뛰기 특전]

　―E랭크 특전: F랭크보다 5% 더 높이 뛸 수 있게 됩니다.

　―D랭크 특전: E랭크보다 5% 더 높이 뛸 수 있게 됩니다.

　―C랭크 특전: D랭크보다 5% 더 높이 뛸 수 있게 됩니다.

　언변은 확실히 김두찬에게 도움이 되는 능력이었다.

　말을 잘할 수 있다는 건 글을 잘 쓰는 것과는 또 다른 힘이
었다.

　게다가 김두찬의 성장세로 봐서는 곧 여러 대학이나 중고등
학교 등에서 강연 요청이 들어올지도 모를 일이었다.

　언변의 능력은 그럴 때 아주 요긴하게 쓰일 법했다.

　각 랭크의 특전들도 상당히 괜찮았다.

　그에 반해 높이뛰기 특전은 자세히 봤는데도 저게 어느 정
도의 수준인지 가늠할 수가 없었다.

　아울러 저 능력이 지금으로써 필요한 것인지에 대한 의문도

들었다.

'일단은 둬보자.'

패시브 능력이니만큼 한번 사용해 보고 마음에 안 든다면 갈아버리는 게 나을 듯했다.

'아니, 잠깐.'

그러다가 김두찬은 생각을 바꿨다.

소매치기를 갈지 않고 놔뒀다가 S랭크로 업그레이드하며 생각지도 못했던 이모션 스틸 특전을 얻지 않았던가?

그렇다면 당장 이득을 주지 않는다 할지라도, 피해를 주지 않는다면 갈지 말고 둬보는 게 나을 것 같았다.

'한 명은 소설가가 꿈이고, 또 한 명은 높이뛰기 선수라더니… 자기 능력에 상당히 부합하는 특기들을 가지고 있었네.'

물론 소설가가 꿈인 학생에게는 언변보다 글쓰기에 관련된 특기가 가장 뛰어났으면 좋았겠으나, 사람에게는 좋아하는 일과 잘할 수 있는 일이 따로 있는 법이다.

김두찬은 속으로 이런저런 생각을 하며 여인들과 계속 대화를 나눴다.

그러는 사이 밴은 어느새 강변 근처까지 다다랐다.

목적지가 다가옴에 따라 여인들의 얼굴엔 아쉬움이 피어났다.

김두찬이 신지혜와 김예랑의 머리 위를 살폈다.

두 사람의 호감도가 똑같이 99였다.

"다 왔습니다!"

장대찬이 강변역 근처에 차를 세웠다.

호감도가 100이 되기까지 이제 1밖에 남지 않은 시점이었지만 김두찬은 크게 아깝거나 하지 않았다.

애초에 여인들을 태운 건 능력을 얻기 위함이 아니었다.

상황이 안 좋아 보여 목적지까지 태워주기 위한 호의에서였다.

오히려 여인들이 머뭇거리며 내리지 않고 김두찬과 조금 더 시간을 가지고 싶어 했다.

그 모습을 보고 있자니 김두찬도 서로아와의 약속만 아니라면 식사라도 한 끼 나누고 싶었다.

자신의 팬클럽 회원들을 이런 식으로 만난 게 어디 보통 일인가?

그래서 괜히 마음이 더 쓰였다.

결국 김두찬은 이별의 아쉬움을 가장 잘 달랠 수 있는 방법을 선택했다.

선물을 주는 것이다.

김두찬이 밴에 항상 보관하고 다니는 자신의 책들 중 몽중인과 적, 그래도 해는 뜬다, 청도의 꿈, 숫자 이야기를 꺼내왔다.

책을 본 여인들의 눈이 초롱초롱 빛났다.

그녀들은 설마설마하면서 책과 김두찬을 번갈아 봤다.

"맘 같아서는 다 드리고 싶은데 가뜩이나 짐도 많으시니 강제로 드리지는 못하겠어서요. 원하시는 책 있으면 골라서 저 주세요. 사인해 드릴게요."

설마는 역시나였다.

여인들의 입에서 일제히 함성이 터져 나왔다.

"꺄악! 사인북이야!"

"나 바로 팬카페에 인증 올려야지."

"이쯤 되니 꿈인지 생시인지 분간이 가질 않네요."

"아……."

그때였다.

신지혜와 김예랑의 호감도가 나란히 100을 찍었다.

그리고 두 여인의 정수리에서 빛 무리가 흘러나와 김두찬에게 흡수되었다.

의도치 않았던 행운에 김두찬은 기뻐하며 상태창을 열었다.

그러자 '춤'이라는 능력이 보였다.

랭크는 F였다.

'이건 신지혜에게서 얻은 것일 테고.'

그녀는 춤을 잘 춘다고 했었다.

김두찬의 시선이 그 아래로 향했다.

그런데 김예랑에게서 얻은 능력을 보는 순간, 할 말을 잃고 말았다.

'이중인격?'

김예랑의 가장 뛰어난 능력은 이중인격이었다.

그것은 패시브 능력이 아닌 액티브 능력으로 김두찬이 활성화해야 사용할 수 있었다.

김두찬은 그 능력을 바라보며 잠시 생각했다.

'내가 이 능력을 사용할 일이 있을까?'

그러다가 그의 관심은 다시 김예랑에게로 옮겨갔다.

'한데 이중인격이라고 하면… 설마 연기할 때만 다른 인격이 깨어나는 건가?'

김두찬의 머릿속에서 책으로 접한 이중인격에 대한 정보가 떠올랐다.

이중인격이란 개인이 두 가지, 혹은 그 이상의 인격을 가지고 있는 상태를 말한다.

그 인격들은 동시에 나타나지 않는다.

하나씩, 교대로 나타난다.

인격은 어떠한 원인이나 자극을 통해 나타나는 경우도 있고, 하나의 인격이 수면을 취하면 깨어나는 경우도 있다.

그리고 이런 경우 서로 다른 인격은 다른 인격이 깨어 있을 때 무슨 짓을 했는지 인지하지 못한다.

한데 가끔 이를 서로 인지하는 경우도 있다.

지금 김예랑의 상태를 보면 두 개의 인격이 서로를 인지하고 있는 것 같았다.

그리고 또 다른 인격은 연기를 할 때만 나타나는 것이 분명했다.

'특이한 사람이야.'

김두찬이 여태 만나왔던 사람 중 가장 특이 케이스였다.

김두찬은 다시 이 능력이 어떤 식으로 도움이 될까 생각해 봤다.

'음… 글을 쓰는 데 필요할 것 같지는 않은데.'

이미 김두찬은 문장력의 랭크를 높여 아이덴티티라는 특전을 얻었다.

그것은 완벽히 다른 열 가지의 문체를 구사할 수 있게 해준다.

한데 이중인격은 그게 아니라 단순히 지금의 김두찬과 또 다른 인격을 깨어나게 하는 힘이었다.

때문에 글쓰기와는 관련이 없었다.

'음… 일단은 액티브 능력이니 내가 사용하지 않는 이상 해를 끼치는 일은 없겠지. 킵해두자.'

아무튼 신기한 일이었다.

이중인격이라는 건 말로만 들었지, 진짜 그걸 가지고 있는 사람은 처음이었다.

김예랑은 초지일관 조금 우울한 모습이었다.

김두찬을 만난 게 좋은 것도 맞고, 그가 준 선물이 설레는 것 역시 사실이었으나 기본적인 우울한 기운이 걷히지를 않았다.

아무튼 이제 작별을 해야 할 때였다.

"오늘 만나서 정말 반가웠어요, 작가님."

강동주가 인사를 건넸다.

그러자 다른 여인들도 한마디씩 인사를 하고서 강변역으로 향했다.

김두찬은 그들이 멀어질 때까지 손을 흔들어주고서는 비로소 밴에 올라탔다.

장대찬은 다시 차를 몰아 삼성동으로 향했다.

"팬클럽 회원분들과 이런 식으로도 만나네요, 작가님."

장대찬이 운전을 하며 즐겁게 말했다.

"그러게요. 상상도 못 했어요."

"그게 다 작가님 복입니다! 마음을 곱게 쓰시니까 이런 일도 일어나는 거라고 생각합니다! 하하하하하!"

장대찬이 크게 웃었다.

이미 마음속 깊은 곳에서·김두찬을 존경하고 있는 그였다.

때문에 김두찬에게 좋은 일이 생기면 장대찬 역시 기분이 좋아졌다.

"아무튼 오늘 정말 감동했습니다. 곤경에 처한 사람을 그냥 지나치지 않는 작가님의 모습. 한 번 더 배울 점이 많다는 걸 깨달았습니다!"

그 순간 장대찬의 진심도가 9에서 10으로 올라갔다.

[진심도를 1포인트 얻었습니다. 직접 포인트 100이 적립됩니다.]

[진심도 포인트가 10이 되었습니다. 특전으로 증강핵 하나를 얻게 됩니다.]

'오늘 무슨 날인가?'

김두찬은 연이어 터지는 행운에 기분이 좋았다.

—두찬 님이 맘을 곱게 써서 그러는 거랍니다.

로나가 장대찬이 했던 말을 그대로 되풀이했다.

김두찬이 속으로 픽 웃으며 상태창을 살폈다.

직접 포인트가 5,429, 간접 포인트가 1,000, 증강핵이 세 개였다.

김두찬은 포인트 분배를 고민했다.

증강핵은 무조건 S랭크 이상의 능력을 업그레이드하는 게 이득이었다.

S랭크에서 SS랭크로 업그레이드하는 데는 1만 직접 포인트가, SSS랭크로 업그레이드할 때는 10만 직접 포인트가 소모된다.

그리고 SSS랭크는 능력의 업그레이드 최대치였다.

그 증거로 SSS랭크인 스토리텔링의 옆엔 업그레이드 시 필요한 직접 포인트가 적혀 있지 않았다.

더 이상 업그레이드가 되지 않기 때문이다.

'음… 일단은 행운에 중강핵 하나를 투자하겠어.'

지금껏 김두찬은 높은 랭크의 행운 덕을 많이 봤다.

오늘 자신의 팬들과 만나게 된 것도 행운의 여파가 작용한 게 분명했다.

행운의 랭크는 높으면 높을수록 김두찬에게 유리한 상황들을 만들어주고 있었다.

[행운의 랭크가 SS로 업그레이드됐습니다. 랭크 업 특전이 주어집니다. 행운이 S랭크보다 5% 증가합니다. 대길의 능력이 강화됩니다.]

'좋아.'

S랭크였을 때도 행운의 힘이 여러 방면에서 작용했는데 거

기서 5% 더 증가했다는 건 컸다.

김두찬이 강화된 대길을 자세히 살펴봤다.

[대길─능력 사용 시, 10초 동안 행운이 250% 증가합니다. 능력은 일주일에 한 번 사용 가능하며 매주 일요일 자정에 초기화됩니다.]

대길의 능력 지속 시간과 퍼센테이지가 5초 200%에서 10초 250%로 늘어났다.

'이것도 좋아. 그럼 이번엔……'

김두찬의 시선이 다른 능력을 훑었다.

그러다 오래전부터 S랭크에 머물러 있던 항목에 눈이 멈췄다.

'매혹.'

매혹은 타인의 호감도와 진심도를 얻어서 성장하는 김두찬에게 가장 필요한 능력이었다.

한데 작가의 길을 가게 되면서 글쓰기와 관계된 능력을 우선시하게 됐다.

그러다 보니 저도 모르게 매혹을 등한시하고 말았다.

'매혹에 증강핵 하나를 투자하겠어.'

[매혹의 랭크가 SS로 업그레이드됐습니다. 랭크 업 특전이 주어집니다. 모든 사람들의 호감도 감소율이 낮아지고 증가율이 높아집니다.]

이제 남은 증강핵은 하나였다.

김두찬은 문득 몸매와 체력의 랭크가 SS로 올라가면 어떤 특전을 얻게 될지 궁금했다.

하지만 그건 당장 올리지 않아도 살아가는 데 아무런 지장이 없었다.

따라서 다른 능력들 중 하나를 올리기로 했다.

한참 동안 고심하던 김두찬이 택한 것은 결국.

'글 쓰는 데 필요한 능력도 하나쯤은 올려둬야겠지.'

S랭크인 문장력이었다.

그가 마지막 증강핵 하나를 문장력에 투자했다.

[문장력의 랭크가 SS로 업그레이드됐습니다. 랭크 업 특전이 주어집니다. '문체 복사'를 얻게 됩니다.]

'문체 복사? 설마……'

김두찬이 능력을 자세히 살폈다.

[문체 복사—다른 작가의 글을 읽으면 문체를 완벽히 복사할 수 있습니다. 단, 최소 1만 자 이상의 제대로 된 문장을 읽어야 합니다.]

쉽게 말해서 다른 작가의 글이라고 해도 의미 없이 마구 나열된 단어들로만 1만 자가 채워진 것을 읽는 것으로는 문체를 복사할 수 없다는 것이다.

제대로 적혀진, 그 작가의 개성이 담겨 있는 글 1만 자를 읽어야 복사할 수 있는 것이다.

그 정도야 김두찬에게 어려운 일이 아니다.

게다가 이 능력은 어떠한 제약이 없는 패시브 스킬이었다.

'끝내주는 특전이야.'

다른 사람의 문체를 그대로 복사한다는 것 자체는 큰 의미가 없을 수도 있다.

자고로 작가란 스스로의 개성을 가져야지, 남의 문체를 흉내 내서는 안 된다.

그러나 이 능력의 핵심은 복사 자체에 있는 게 아니다.

자고로 문장력이란 다독과 다작을 해야 느는 것이다.

그중에서도 더 중요한 게 다독이다.

하지만 타인의 책 한 권을 읽어서 그의 문체를 익혀 버리게 된다면?

다독을 하지 않아도 문장력이 늘어날 게 분명했다.

여러 작가의 문체를 책 한 권 정도만 읽어보면 익혀 버리기 때문이다.

익힌 문체들은 머릿속에서 떠올리는 것만으로도 충분히 공부가 된다.

'때에 따라서는 또 모르지. 다른 작가들의 문체를 그대로 사용해야 하는 경우가 있을지도.'

물론 그런 상황이 올지는 모르겠으나 아무튼 김두찬에게는 더할 나위 없이 좋은 특전이었다.

이제 남은 건 직접 포인트와 간접 포인트였다.

김두찬은 우선 직접 포인트를 이용해 A랭크의 능력 중 하나를 업그레이드하기로 했다.

현재 그에게 가장 필요한 건 창작 활동과 관련된 힘이었다.

그는 정미연과의 여행에서 글뿐만 아니라 다른 분야의 창작 활동도 계속해 나가리라 마음먹었다.

창작의 기쁨이라는 것이 글에서만 오는 게 아니라는 걸 깨달았기 때문이다.

창작 활동과 관련된 A랭크의 능력은 요리와 그림 두 개 정도였다.

노래와 연기는 창작이라기보단 예술적인 활동이라는 느낌으로 더 크게 다가왔다.

'그럼 우선은 그림을 올리자. 3,200 직접 포인트를 투자하겠어.'

[그림의 랭크가 S로 업그레이드됐습니다. 랭크 업 특전이 주어집니다. '도형 마스터리(Mastery)'를 얻게 됩니다.]
[도형 마스터리—도형의 기본이 되는 점, 선, 면을 완벽히 구사할 수 있게 됩니다. 그에 따라 보조 도구 없이 펜 하나로 모든 도형들을 완벽히 그리는 게 가능해집니다.]

도형 마스터리에 대한 설명을 읽은 김두찬이 당장 수첩과 펜을 꺼냈다.

그리고 세로로 긴 직선을 그렸다.

슥.

'와아.'

완벽했다.

마치 자를 대고 그린 것처럼 올곧은 직선 하나가 만들어졌다.

이번엔 동그라미를 그렸다.

동그라미 역시 컴퍼스를 사용한 것처럼 완벽하게 그려졌다.

김두찬은 신이 나서 세모, 네모, 오각형을 그렸다.

그러다가 입체 도형들을 그려 나갔다.

'이것 봐라?'

김두찬이 창밖을 슥 훑었다.

그러고는 순간적으로 눈에 찍힌 배경을 수첩에다 빠르게 그려 나갔다.

그러자 단 10분 만에 그럴듯한 스케치가 완성되었다.

한데 그 정확도가 상당했다.

마치 사진을 찍어 그 윤곽만 남긴 것 같을 정도였다.

'맘에 들어.'

김두찬의 입가에 옅은 미소가 어렸다.

이 정도면 그림을 그리기 위한 준비는 완벽히 된 것이다.

이제 어떤 식으로 데뷔를 하는 게 좋을지를 고민할 차례였다.

요즘은 예전과 달리 인터넷 문화가 발달해서 좋은 그림을 그려 SNS에 올리면 절로 퍼져 나간다.

그런 식으로 일단 유명세를 얻은 뒤, 화가로 정식 데뷔하는 사람들도 제법 많았다.

김두찬에게도 어쩌면 그게 가장 빠른 길일 수 있었다.

'일단 웹툰으로 시작하면 어떨까.'

김두찬은 예전부터 만화를 광적으로 좋아했다.

그렇다 보니 애니메이션은 물론이고 웹툰 역시 잘나간다는 작품은 전부 섭렵한 터였다.

게다가 그의 꿈 중 하나가 웹툰 스토리 작가였다.

그런 와중에서 그림 랭크가 S까지 오르니 웹툰 쪽이 욕심 나는 건 당연한 일이었다.

스토리야 김두찬이 얼마든지 만들어낼 수 있었다.

만들어내기 귀찮으면 그의 이름으로 출간된 작품들 중 하나를 웹툰용으로 각색해 그리면 그만이다.

'웹툰… 그래, 웹툰이다.'

새로운 목표와 꿈이 생긴 김두찬의 가슴이 기분 좋게 뛰었다.

마치 소풍 가기 전날 밤 어린아이처럼 설레임으로 가득 찼다.

김두찬은 당장 오늘부터 웹툰 작업에 들어가기로 했다.

목표는 일주일 안에 한 편 만들기.

웹툰의 연재 주기가 일주일에 한 편이니 일단 그렇게 정해 본 것이다.

―근데 두찬 님.

김두찬이 행복한 계획을 세우고 있을 때 로나가 말을 걸었다.

'응?'

―이중인격은 한번 사용해 볼 생각이 없으신가요?

'그거 딱히 필요 있을까?'

─궁금하지 않아요? 어떤 인격이 튀어나올지.

'내 안에 있는 또 다른 내가 튀어나오는 거야?'

─아니요. 두찬 님의 내면 심리와는 상관없이 다른 인격은 랜덤으로 형성이 된답니다.

'궁금하긴 한데……'

─잠깐 사용했다가 다시 해제하면 되니까 한번 해보는 게 어떨까요?

그 말을 듣고 나니 김두찬도 괜찮겠다 싶었다.

그리고 어떤 인격이 튀어나올지도 내심 궁금했다.

'해보지 뭐.'

김두찬은 마음을 먹자마자 이중인격을 활성화시켰다.

순간, 그의 의식이 육신의 지배권에서 멀어지는 느낌이 들었다.

'허억.'

생전 처음으로 겪는 기이한 경험에 김두찬은 헛숨을 내뱉었다.

하지만 그의 육신은 담담히 입을 다물고 있을 뿐이었다.

김두찬은 철저히 제3자의 입장에서 스스로의 행동을 관조할 뿐이었다.

'어떻게 된 거야?'

─김두찬 님의 또 다른 인격에게 육신의 지배권을 넘긴 거

랍니다. 하지만 걱정하지 마세요. 언제든 이중인격을 비활성화시키면 주도권은 다시 넘어온답니다.

'그렇구나. 놀래라.'

김두찬이 로나와 대화를 주고받는 사이, 그의 몸뚱이는 갑자기 요염한 자세를 취했다.

다리를 살짝 꼬고 한 손은 입술을 부드럽게 어루만졌다.

눈동자가 풀리고 눈꺼풀은 반쯤 내려왔다.

그러자 전체적으로 대단히 뇌쇄적인 기운이 마구 풍겨나기 시작했다.

그에 김두찬은 당황했지만, 그의 또 다른 인격은 일을 더욱 크게 만들었다.

"장 매니저?"

김두찬이 전에 없이 끈적거리는 말투로 장대찬을 불렀다.

열심히 운전을 하고 있던 장대찬이 놀라서 룸미러로 김두찬을 힐끔 바라봤다.

"네?"

거울에 비친 김두찬의 얼굴은 평소와 달리 농염하기 그지없었다.

김두찬은 색기 가득한 시선을 장대찬에게 던지며 말했다.

"난 있지, 대찬 씨 같은 스타일이 너~ 무 좋더라. 후훗."

'으아아아아아아아아아아아아악~!'

김두찬이 비명을 질렀다.

랜덤으로 만들어진 인격이 설마 게이일 줄이야!

한데 더 경악스러운 건.

"자, 작가님… 저 남자한테 이런 말 듣고 심쿵한 건 처음입니다! 하지만 전 여자를 좋아합니다! 그런데… 그런데… 내가 왜… 왜에에에에!"

장대찬의 반응이었다.

그의 놀란 마음은 분노의 질주로 이어졌다.

Liking 84

다섯 가지 보너스 미션

김두찬의 얼굴은 퀭했다.

　이상한 이중인격이 튀어나오자마자 그는 바로 능력을 비활
성화시켰다.

　순간 빼앗겼던 육체의 주도권이 돌아왔다.

　조금 전까지 장대찬을 바라보던 농염한 시선은 사라졌다.

　꼬았던 다리도 풀고 끈적한 말투도 집어치웠다.

　'설마 게이가 튀어나올 줄은…….'

　김두찬은 놀란 가슴을 진정시켰다.

　근데 그가 원하지도 않았건만 조금 전의 상황이 영화처럼

눈앞에 떠올랐다.

'으으으으.'

김두찬이 고개를 휘휘 저어 생각을 털어냈다.

그러자 로나가 말을 걸어왔다.

─그렇게 힘들어하실 필요 없답니다.

'남의 일이라고 쉽게 말한다, 너. 내가 장대찬을 꼬시려 했단 말야.'

─그럴 만하죠. 대찬 씨 제법 멋진 남자잖아요.

'아무리 그래도 그렇지.'

─게다가 두찬 님의 새로운 인격은 여자고요.

'그렇다고 해도! …어? 여자?'

─네. 그것도 남자들을 아주 쉽게 꼬실 수 있는 매력적인 여자네요.

'아… 여자였다고.'

─그렇답니다.

또 다른 인격이 여자라는 얘기를 듣고 나니 그나마 덜 수치스러워지는 김두찬이었다.

'그래도 이것 참… 어째 앞으로는 두 번 다시 사용할 일이 없을 것 같은데.'

보통의 이중인격은 하나의 인격이 활동을 하면 다른 인격은 잠이 든다.

하지만 김두찬이 얻은 힘은 다른 인격이 하는 행동을 제3자의 시선으로 관찰하게 된다.

차라리 모르는 게 낫지, 그걸 고스란히 보고 있는 건 엄청난 고역이었다.

─인생은 모르는 거랍니다. 언제 사용할 일이 생길지 또 알 수 없잖아요? 이를테면 게이 연기를 할 때라거나?

'연기? 난 연기 쪽으로 깊게 파고들 생각이 없는데.'

─그것도 모르는 거랍니다. 여러 가지 창작 활동을 하다 보면 연기에 또 욕심이 생길지 누가 알겠어요?

'하긴…….'

김두찬은 로나의 말을 부정할 수 없었다.

그는 지금 벅차오르는 창작욕을 주체하기 힘든 상태였다.

하루 종일 머릿속이 온통 작품 창작에 대한 아이디어로 가득했다.

글과 그림, 그 외의 다른 분야에도 손을 대고 싶었다.

그렇게 하다 보면 연기와 노래, 혹은 또 다른 쪽에도 욕심이 생길지 모를 일이다.

창작이라는 것은 결국 무에서 유를 창조해 내는 작업이다.

연기 역시 가상의 인물을 만들어 창조하는 것이니 창작 활동이라 할 수 있다.

'아직은 먼 얘기 같지만.'

완전히 딴 세상 이야기라고 단정 짓지는 않기로 했다.

게다가 이미 김두찬은 그 바닥에 조금 발을 들여놓기도 했으니 말이다.

그런 생각을 하는 사이 차는 서로아의 집 앞에 도착했다.

조선호와 서로아가 함께 사는 집은 더 이상 허름하지 않았다.

정원이 달린 단층의 튼튼한 주택이었다.

사실 후원금과 서로아가 CF로 벌어들인 돈을 더하면 더 좋은 곳으로 갈 수도 있었다.

하지만 조선호는 사치를 모르는 사람이었다.

단둘이 사는데 여기보다 더 크고 좋은 집은 필요 없다는 생각이었다.

대신 서로아가 벌어들이는 돈을 통장에다 꼬박꼬박 모아놓는 중이었다.

서로아의 이름으로 적금 통장도 여러 개 만들었다.

혹여라도 자신에게 불미스러운 일이 생기게 될 때를 대비하고 있는 것이다.

조선호는 청춘이 아니다.

이제 살날보다 죽을 날이 더 가까워진 마당이니 조선호의 이러한 준비는 과하다고 볼 수 없었다.

김두찬이 벨을 누르자 모니터로 얼굴을 확인한 조선호가

문을 열어주었다.

김두찬과 장대찬이 저택 안으로 들어섰다.

그런 두 사람을 서로아와 조선호가 버선발로 반겨줬다.

"어서 와요, 두찬 학생. 매니저님."

"두찬 오빠~! 보고 싶었어!"

조선호는 장대찬의 손을 잡아주었고, 서로아는 김두찬의 품에 와락 안겼다.

거실에 펼친 큰 상 위에는 갈비찜부터, 생선회, 잡채, 갖가지 전과 반찬, 차돌박이 된장찌개 등등 여러 가지 음식들이 놓여 있었다.

김두찬이 상을 보고서 놀라 물었다.

"이게 다 뭐예요?"

"두찬 학생 온다고 해서 반찬 가게 들러 가지고 이것저것 사봤어요."

"와, 진짜 진수성찬이네요."

김두찬은 이렇게까지 할 필요 없다는 말로 겸양을 떠는 대신 군침을 흘렸다.

조선호가 대접을 하고 싶어서 노구를 이끌고 사온 먹거리들이다.

그 마음을 안다면 고스란히 받아주는 게 도리였다.

그런 김두찬의 마음을 누구보다 잘 아는 장대찬이 나서서 밥을 퍼 날랐다.

상 위에 밥 네 공기가 놓이고, 네 사람도 상 앞으로 모여들었다.

"잘 먹겠습니다!"

김두찬과 장대찬이 동시에 외치고서 누가 먼저랄 것도 없이 수저를 들었다.

그러고서는 조선호가 밥 한 술을 뜨자마자 바쁘게 음식들을 집어 먹기 시작했다.

그런 두 사람을 흐뭇하게 바라보며 조선호가 물었다.

"어떻게, 내가 한 건 아니지만 음식이 입에 맞아요?"

"어머니가 해준 것 같습니다!"

장대찬이 너스레를 떨었고, 김두찬은 엄지손가락을 척 세웠다.

"맛있어요. 그렇지, 로아야?"

"응! 진짜 맛있어!"

"로아야, 우리 밥 다 먹고 나서 합작품 얘기 좀 해볼까?"

"지금 해주면 안 돼요? 엄청 궁금해요!"

"지금? 그러지 뭐."

김두찬은 올타임 공모전에 출품했던 불개미라는 동화의 스토리를 간략하게 말해주었다.

불개미는 큰 가닥만 놓고 보면 별게 없는 소소한 이야기였다.

그것을 한 번 더 압축해서 시놉시스처럼 말해주니 더 심심한 이야기가 되어버렸다.

한데 김두찬의 이야기를 듣는 세 사람은 전혀 그렇게 느끼지 못했다.

김두찬은 별게 아닌 플롯을 흥미진진하게 풀어내고 있었다.

김두찬이 의도해서 그런 게 아니었다.

저절로 말이 그렇게 풀려 나갔다.

그리고 청중들은 김두찬의 말솜씨에 완전히 홀려서 밥 먹는 것도 잊은 채 몰입하고 있었다.

그게 가능했던 건 B랭크의 언변 능력 덕분이었다.

'이렇게 되는구나.'

김두찬은 언변을 얻는 순간 B랭크 판정을 받았다.

말인즉, 김두찬의 언변은 능력을 얻기 전부터도 계속 B랭크급이었다는 얘기다.

더 쉽게 풀어서, 김두찬이 원래 갖고 있던 능력에 등급만 정해준 격이었다.

능력을 얻기 전이나, 후나 그게 그거라는 말이다.

한데 지금은 능력을 얻기 전보다 더욱 말을 잘하고 있으며, 사람들의 집중력이 몰라보게 높아졌다.

언변의 능력을 익히면서 따라붙은 각 랭크의 특전 덕분이었다.

김두찬은 사람들이 자신의 이야기에 잔뜩 몰입한 모습을 보며 희열을 느꼈다.

다들 맛있는 음식을 눈앞에 두고도 젓가락질을 잊어버린 채 김두찬만 바라보고 있었다.

그들은 김두찬의 이야기가 끝나고 난 뒤 저도 모르게 박수를 쳤다.

"와, 이번 이야기 진짜 재미있는 것 같아! 빨리 그려보고 싶어요."

"두찬 학생은 화수분 같아요. 어떻게 그런 아이디어가 계속해서 흘러나오는 건지 모르겠네요."

"존경합니다, 작가님."

세 사람이 저마다 한마디씩을 건넸다.

생각지도 못했던 칭찬에 쑥스러워진 김두찬이 얼른 말을 돌렸다.

"그나저나 반찬집이 어디인지 음식 솜씨가 영 괜찮네요."

"그렇죠? 거기 주인 할매가 전라도 사람인데 손맛이 썩 좋더라고요."

"저도 입에 아주 딱 맞습니다, 어르신!"

"많이들 들어요. 허허허."

사람들은 그제야 다시 식사를 이어나가기 시작했다.

―기분이 어때요?

열심히 음식들을 집어 먹으면서 머릿속에 떠오르는 레시피를 관찰하던 김두찬에게 로나가 물었다.

'뭐가?'

―청중의 마음을 사로잡은 기분이?

'아… 그거. 음, 상당히 좋았어. 설렐 정도로.'

―다른 분야에도 눈을 뜬 모양이네요.

'강의라는 거… 기회가 온다면 꼭 해보고 싶어.'

지금 이 자리에 함께한 사람들은 셋이 고작이었다.

그럼에도 그들이 집중해 주는 모습이 신이 났었다.

한데 만약 수백의 관중 앞에서 강의를 하고, 그들이 내게 집중하는 모습을 보게 된다면?

생각만 해도 구름 위를 걷는 것 같았다.

―꼭 그런 기회가 왔으면 좋겠네요.

로나가 그런 김두찬을 응원했다.

*　　　　*　　　　*

식사가 끝난 뒤, 김두찬은 서로아에게 미리 프린트해 온 동화를 건네주었다.

불개미는 청도의 꿈이나 숫자 이야기보다 훨씬 텍스트 양이 많았다.

하지만 서로아가 그려야 하는 양은 전과 비슷했다.

각 페이지에 실리는 글자의 수가 늘어날 뿐이었다.

김두찬은 불개미를 어떤 느낌으로 진행했으면 하는지, 그리고 포인트가 무엇인지에 대해서 차근차근 설명해 주었다.

서로아는 김두찬의 얘기를 메모까지 해가며 경청했다.

그러는 동안 장대찬은 조선호의 말동무를 해줬다.

"이 정도면 되겠지?"

30여 분 동안 썰을 푼 김두찬이 서로아에게 물었다.

"웅! 재미있게 그릴 수 있을 것 같아요. 헤헤."

서로아가 자신감 있는 얼굴로 고개를 끄덕였다.

김두찬이 그런 서로아의 머리를 쓰다듬어 주고는 몸을 일으켰다.

"그럼 오늘은 그만 가볼게, 로아야. 그림 그리다가 궁금한 거 있으면 언제든지 연락해. 알았지?"

"네! 다음번에 또 놀러 와요, 오빠!"

"그래."

김두찬과 장대찬은 조선호에게 인사를 건네고서 집을 나섰다.

두 사람은 밴에 올라 구리시로 향했다.

"집으로 가실 거죠?"

장대찬이 물었다.

"네. 오늘은 일찍 쉬려고요."

"암요. 쉬서야죠. 사람은 휴식을 취해야 합니다. 그래야 기운 내서 창작 활동도 할 수가 있는 겁니다."

쉬어야 창작 활동을 할 수 있다는 장대찬의 말에 김두찬은 애매한 미소를 지었다.

사실 김두찬의 입장에서 쉰다는 건 글을 쓰지 않는다는 얘기일 뿐, 창작 활동을 멈추겠다는 뜻은 아니었다.

김두찬은 집에 가자마자 웹툰의 콘티를 만들어볼 생각이었다.

콘티 작성법에 대해서는 도서관에서 읽었던 만화와 웹툰 관련 자료로 인해 어느 정도 알고 있었다.

'그럼 어떤 이야기로 시작해 볼까. 처음이니까 우선 단편부터 손대는 게 좋으려나? 음 그럼…….'

몽중인은 일단 영화 촬영에 들어가고 있으니 제외했다.

그럼 남은 단편은 적, 그래도 해는 뜬다 정도밖에 없었다.

오트 퀴진과 배우의 이름도 있었지만 그것은 인기영이라는 필명으로 본인을 숨기고 출간한 것이기에 건드리지 않는 편이 나을 듯했다.

김두찬이 어떤 작품으로 스타트를 끊을지 고민하던 그때였다.

[퀘스트 발동―다섯 가지 보너스 미션을 모두 클리어하세요.]

느닷없이 퀘스트가 발동했다.

실로 오래간만의 퀘스트인지라 김두찬은 반갑기까지 했다.

한데 퀘스트의 내용이 녹록지 않았다.

'다섯 가지 보너스 미션을 클리어하라고?'

보너스 미션은 이미 한 번 겪어본 바 있었다.

그 덕에 보상으로 얼굴의 랭크가 올라가서 초월 청각을 얻게 됐다.

김두찬이 겪어본 바로 보너스 미션 자체의 난이도는 크게 어렵지 않았었다.

문제는 보너스 미션의 발생 확률 자체가 랜덤이라는 것이다.

즉, 보너스 미션 다섯 개가 늦게 뜨면 퀘스트 클리어도 덩달아 늦어진다는 말이다.

해서 김두찬은 녹록지 않은 퀘스트라고 여겼다.

'이건 좀 너무한 거 아니야?'

김두찬이 속으로 투덜댔다.

한데 그때였다.

[보너스 미션 발동. 확인하시겠습니까?]

YES/NO

거짓말처럼 바로 보너스 미션이 발동했다.

'나한테는 행운의 여신이 함께하고 있었지.'

김두찬이 씩 웃으며 YES를 선택했다.

그러자 보너스 미션의 내용이 오픈됐다.

[보너스 미션]

샘 레넌의 호감도를 100으로 만드세요.

'샘… 레넌이라고?'

저 먼 대륙, 넓은 땅에서 김두찬을 만나고 싶어 하는 할리우드 거장 샘 레넌.

그의 호감도를 100으로 만들라는 것이 첫 번째 보너스 미션이었다.

Liking 85

짧은 만남

집에 돌아온 김두찬은 웹툰 준비에 한창이었다.

그가 첫 웹툰 데뷔작으로 낙점한 작품은 적 시리즈였다.

'그래도 해는 뜬다'는 웹툰으로 그리기엔 너무 정적이었고 재미 요소도 다른 작품에 비해 적었다.

반면 적은 판타지 스릴러에다가 형사가 주인공이니 긴장감을 주면서 역동적으로 끌어나가기에 좋았다.

김두찬은 일단 적—레드를 웹툰 한 편 분량씩 분할했다.

'총 50화 정도 나오네.'

그리고 분할한 내용들을 시놉시스 형태로 재정리했다.

각 화의 시놉시스는 그 안에서 다시 여러 신으로 나뉘어 시나리오 형태로 바뀠다.

이제 이 신들이 콘티의 한 컷으로 변신할 차례였다.

김두찬은 본격적인 콘티 작업에 들어가기 전 시계를 봤다.

"벌써 3시네."

콘티에 들어가기 전 사전 작업을 하는 데만도 7시간이 넘게 걸렸다.

하지만 그건 결코 오래 걸렸다고 할 수 없는 시간이었다.

오히려 괴물처럼 빨랐다.

보통 사람이라면 고작 7시간 만에 책 한 권을 웹툰 콘티에 적합한 시나리오 형태로 수정하지 못한다.

웹툰 종사자들이 보면 기함을 할 일이었다.

김두찬은 7시간 동안 한순간도 쉬지 않았다. 하지만 전혀 지친 기색이 아니었다. 오히려 콘티 작업에 들어간다는 설렘으로 눈이 초롱초롱했다.

그에겐 이 작업이 일이 아니라 놀이에 가깝기 때문이었다.

즐거운 놀이를 하는데 힘들 리가 있을까?

김두찬은 A5 용지 다발과 연필을 꺼내 콘티 작업을 시작했다.

*　　　*　　　*

아침 9시.

6시간 동안 콘티 작업에 매진한 결과 무사히 50화의 모든 콘티를 만들어낼 수 있었다.

콘티인 만큼 인물이나 주변 상황을 정확히 그리지는 않았다.

그냥 어떤 상황인지 알아볼 수 있을 정도로 간략하게만 표현했다.

그리기 복잡한 상황이나 물건은 글씨로 대체했다.

김두찬은 완성된 콘티들을 처음부터 끝까지 빠르게 한 번 훑었다.

"일단 끝나기는 끝났는데……"

뭔가 마음에 썩 들지는 않았다.

'역시 지식만으로는 안 되는 건가?'

김두찬의 머릿속엔 웹툰 콘티에 대한 지식들이 대거 들어 있었다.

그러나 창작은 지식으로만 하는 게 아니다.

감각과 경험이 더 중요하다.

탁. 탁. 탁. 탁.

김두찬이 한 손으로 턱을 괴고서 다른 손으로 책상을 두들겼다.

'무작정 시작해 봐?'

감각과 경험을 키우려면 일단 도전해 보는 게 상책이었다.

'우선 덤비자.'

일단은 제대로 된 그림 도구가 갖춰지지 않았으니 콘티를 스캔해서 파일로 만들었다.

포토샵을 이용해서 그림을 그리려는 것이었다.

포토샵의 사용법 역시 김두찬의 머릿속에 전부 들어 있었다.

그런데 여기서 문제가 생겼다.

"음……."

마우스로는 도저히 김두찬이 원하는 스케일의 그림을 그리기가 힘들었다.

'태블릿을 사올걸.'

웹툰 만화가들의 필수 품목인 태블릿을 깜빡해 버렸다.

어쩔 수 없이 김두찬은 웹툰의 작업을 미뤄둬야 했다.

창밖에서는 이미 해가 떠오르고 있었다.

오늘은 11월 9일 목요일.

대학 강의는 1시 반에 한 과목만 있었다.

"흐아아아암~!"

늘어지게 하품을 한 김두찬이 몇 시간이나마 눈을 붙이기 위해 침대에 누웠다.

졸린 눈을 비비며 스마트폰으로 메일에 접속했다.

잠들기 전, 팬들이 보낸 메일을 읽는 것이 김두찬에게는 소소한 행복 중 하나였다.

그런데 오늘은 아주 사이즈가 큰 팬으로부터 메일이 와 있었다.

'샘 레넌?'

김두찬이 샘 레넌의 메일을 얼른 터치했다.

그러자 영어로 된 짧은 문장이 나타났다.

김두찬 작가님께.

전화를 하려 했는데, 여의치가 않아 메일 보냅니다.

만약 이 메일을 오늘 중으로 확인해서 긍정적인 답장을 보내준다면, 나는 내일 한국행 비행기에 오를 예정입니다.

티케팅은 끝났습니다.

답장이 빨리 온다면 우리의 만남도 빨라질 테지만, 답장이 늦어진다면 티케팅을 취소해야겠죠.

하지만 난 내 운을 믿어요.

티케팅을 취소할 일은 없을 거라는 걸 압니다.

답장 기다릴게요.

"내일?"

김두찬은 메일이 온 시간을 확인했다.

한 시간 전이었다.

지금 답장하면 샘 레넌은 내일, 한국행 비행기를 탄다.

헐리우드의 거장 감독 샘 레넌과 정말로 만나게 되는 것이다.

김두찬은 바로 답장을 보냈다.

샘 레넌 감독님.

말씀하신 대로 운이 정말 좋으시네요.

기다리고 있겠습니다.

메일을 보낸 김두찬은 샘 레넌과의 만남이 빨리 이뤄지길 바라며 다른 팬들의 메일도 읽어나갔다.

*   *   *

푹 자고 일어난 김두찬은 이른 점심을 먹고서 학교로 향했다.

장대찬이 모는 밴 안에서 그는 오늘 아침까지 손댔던 웹툰의 콘티를 살펴봤다.

어차피 원작이 탄탄한 만큼 이야기의 진행이나 구성에서는 흠 잡을 것이 없었다.

하지만 김두찬에게 약한 부분이 있었으니 바로 연출력이었다.

그림을 잘 그린다고 연출까지 잘하는 건 아니다.

이건 말 그대로 감각이 있어야 했다.

'역시 무작정 부딪치는 게 답이야.'

실전만큼 좋은 훈련장은 없었다.

'그런데 어떤 태블릿을 사야 하지?'

이왕 도전하기로 한 거 웹툰을 작업하기에 가장 최적화된 태블릿을 사고 싶었다.

하지만 거기에 대한 정보는 전무했다.

인터넷에 조사해 봐도 되겠지만, 현직에서 뛰는 만화가들의 조언을 듣고 싶었다.

그러나 김두찬은 알고 지내는 웹툰 작가가 없었다.

그때 바로 떠오른 사람이 채소다였다.

그녀는 엄청난 웹툰 마니아다.

해서 좋아하는 작품의 작가들이 사인회를 할 때는 무조건 찾아갔다.

뿐만 아니라 작가와 함께하는 팬클럽 정모 같은 것들도 빠지지 않고 참가했다.

그러다 보니 사적으로 연락하고 지내는 웹툰 작가들도 제법 있었다.

물론 그들은 채소다를 수많은 팬들 중 한 사람으로만 알았다.

그녀의 정체가 서태휘라는 건 꿈에도 생각 못 했다.

김두찬은 바로 채소다에게 연락을 했다.

그녀는 신호음이 한 번 울리자마자 전화를 받고서는 대뜸 물었다.

—고기 먹자고?

"보통은 여보세요, 라고 하지 않아요?"

—여보세요. 고기 먹자고?

김두찬은 포기하고 넘어갔다.

"소다 누나. 작업실이죠?"

—아니, 화란 언니랑 나왔어. 밖이야.

"어딘데요?"

—고깃집.

"……"

아니, 지금 고깃집에 있으면서 전화를 받자마자 고기 먹자고 물어보는 건 무슨 경우인가 싶었다.

김두찬은 따지고 들려다가 다시 한번 포기하고 넘어갔다.

"혹시 웹툰 작가들이 어떤 태블릿을 사용하는지 알아봐 주실 수 있어요?"

─갑자기? 설마 두찬이 너 웹툰도 하려고?

역시 이상한 곳에서 촉이 빠른 채소다였다.

김두찬은 굳이 숨길 이유가 없어서 순순히 대답했다.

"네."

─와아, 두찬이의 웹툰이라니. 벌써부터 무지 궁금해지네. 알았어! 내가 알아보고 연락해 줄게!

"고마워요."

전화를 끊고 나서 몇 분 지나지 않아 채소다에게 문자가 왔다.

그녀는 150만 원 상당의 태블릿 제품 하나를 추천해 줬다.

김두찬은 그것을 바로 인터넷으로 주문하려 했다.

아직 네 시 전이니 물건만 잘 수급된다면 내일쯤에는 받아 볼 수 있을 테니 테니까.

한데 그가 주문을 하려는 순간 장대찬이 끼어들었다.

"작가님! 태블릿 급한 거 아닙니까?"

"네? 아, 네. 조금 급하긴 해요."

"지금 인터넷 주문하시려는 거면 하지 마시고, 모델을 저한 테 알려주세요! 제가 작가님 강의 끝나기 전까지 공수해 오겠습니다!"

"괜찮아요. 하루 기다리죠 뭐."

"어차피 강의 끝날 시간까지 기다리는 동안 할 일도 별로 없습니다. 카드만 저한테 주세요."

장대찬이 고집을 부렸다.

그는 김두찬에게 정말 필요한 일이다 싶으면 지금처럼 고집을 꺾지 않았다.

아마 몇 번을 더 얘기해 봤자 결과는 같을 게 뻔했다.

결국 김두찬이 두 손을 들었다.

"알겠어요. 고마워요, 장 매니저님."

김두찬이 카드를 꺼내 장대찬에게 건네줬다.

이걸로 한시름 놓은 김두찬은 가방에 담아 온 콘티 뭉치를 꺼냈다.

그리고 펜으로 부족한 부분을 채워 넣고 수정했다.

현재 그는 열 편의 글을 연재 중이었지만 전부 비축분이 넉넉해서 오늘 하루 다른 글을 쓰지 않는다고 일정에 큰 차질이 생기는 건 아니었다.

콘티를 수정하는 사이 밴은 학교 앞에 도착했다.

"도착했습니다, 작가님!"

장대찬이 소리치며 뒷문을 열었다.

밴에서 내린 김두찬이 장대찬에게 인사를 건네고 교문 안으로 들어섰다.

*　　　*　　　*

SS랭크로 올라간 얼굴과 매혹의 힘은 대단했다.

캠퍼스를 걸어서 강의실에 도착하는 동안 김두찬은 300이 넘는 직접 포인트를 획득했다.

'미쳤다.'

그는 아무것도 하지 않았다.

그저 걸었을 뿐이다.

그런데 지나가는 김두찬을 본 사람들의 호감도가 평소보다 높은 폭으로 솟구쳤다. 한창 점심시간 때라 캠퍼스에 사람이 유독 많았던 것도 한몫을 했다.

강의실에 들어서자마자 장재덕이 그를 반겼다.

"정의의 심판을 내리는 김두찬 납셨다!"

정의의 심판이란 김두찬이 올타입을 짓밟아 버린 사건을 얘기하는 것이었다.

이미 그 사건은 연일 화제에 오르며 모든 포털 사이트에서 검색어 상위권에 머물러 있었다.

그 바람에 김두찬의 인지도는 더더욱 올랐다.

그것은 곧 김두찬의 책과 E—Book의 판매에도 영향을 끼쳤다.

한동안 판매가 조금 시들해졌던 구작들이 날개 돋힌 듯 팔려 나가기 시작한 것이다.

여러모로 화제를 몰고 다니는 김두찬은 학교에서 모두가 우러러 보는 스타의 입장이 되어버렸다.

특히 올타임 공모전과 관련된 이야기는 모르는 사람이 더 적을 정도였다.

인터넷에서 이슈가 된 것도 컸지만, 시상식장에 참석했던 주로미가 두 눈으로 본 이야기들을 빠르게 퍼뜨린 덕분이었다.

아무튼 태평예술대학교엔 하루가 멀다 하고 김두찬의 전설이 쌓여가고 있었다.

$$*\qquad*\qquad*$$

"와아, 진짜 고생하셨어요."

강의가 끝나고 집으로 향하는 밴 안에서 김두찬은 한껏 업된 기분을 감추지 못했다.

그의 두 손엔 따끈따끈한 태블릿이 들려 있었다.

장대찬은 룸미러로 김두찬을 슬쩍 훔쳐봤다.

김두찬의 입꼬리가 평소보다 더 올라가 있었다.

그에 장대찬은 뿌듯함을 느꼈다.

"오늘부터 바로 작업 들어가세요, 작가님! 제가 응원하겠습니다!"

"그럴게요. 매니저님 덕분에 작업이 더 잘될 것 같아요."

김두찬이 칭찬을 하며 생긋 미소 지었다.

룸미러로 그 미소를 접한 장대찬의 가슴이 쿵! 내려앉았다.

'내, 내가 또?! 정신 차려! 장대찬! 대한민국의 건아! 면목동의 터프가이로 불렸던 내가 이러면 안 된다! 나는 여자를 좋아한다!'

장대찬은 속으로 소리 없이 절규했다.

           *   *   *

"후우."

11월 10일 아침.

김두찬은 또 밤을 꼴딱 샜다.

밤새도록 웹툰 작업에 몰두한 것이다.

한데 작업 진행 속도는 그리 빠르지 않았다.

김두찬은 적어도 한 화 정도의 스케치가 끝날 거라 생각했다.

그런데 한 화는커녕 반절도 채울 수 없었다.

글과 달리 만화는 작업이 더뎠다.

그가 만화 관련해서 얻은 능력이 그림 하나밖에 없기 때문이었다.

반면 소설은 뒷받침해 주는 능력들이 무려 네 가지나 됐다.

"음… 아무래도 웹툰은 시간을 좀 넉넉히 잡고 진행해야겠다."

시간이 제법 걸릴 것 같았지만 크게 상관없었다.

어찌 되었든 김두찬에게는 새로운 분야의 창작 활동이 즐겁기만 했다.

"오늘은 하루 종일 널널하니까 계속 그려볼까."

강의가 없는 것이 그렇게 신날 수 없었다.

김두찬이 집중해서 다시 스케치를 해나가려는 순간.

지이이이잉―

스마트폰이 울렸다.

그런데 액정에 뜬 번호가 조금 이상했다.

한국에서는 보기 힘든 유형이 번호였다.

'국제 전화?'

김두찬이 전화를 받았다.

"여보세요?"

그러자 걸걸하면서도 유쾌한 사내의 음성이 들려왔다.

"안녕하세요, 김두찬 님(How are you, Mr. Kim)."

김두찬은 바로 상대가 누군지 인식하고 되물었다.

"샘 레넌 감독님이세요(Director Sam Lennon)?"

"그럼 누구겠어요(Then who is it)?"

전화를 건 사람은 샘 레넌 감독이었다.

김두찬은 한껏 상기돼서 빠르게 말을 뱉었다. 그의 입에서 능숙한 영어가 흘러나왔다.

"이렇게 통화하게 되리라고는 생각도 못 했어요. 정말 반갑습니다."

"나도 반가워요. 지금 내가 어딘지 맞춰보시겠어요?"

"혹시……."

"공항이냐고요? 맞아요! 한국행 비행기를 기다리고 있어요. 저는 곧 하늘 위에 떠 있을 테고 눈 한 번 길게 감았다 뜨면 한국 땅을 밟겠죠. 아시죠? 시간을 보내는 가장 좋은 방법은 깊은 사색이라는 걸."

한마디로 비행기에서 숙면하겠다는 말이었다.

영화에 등장하는 외국 배우들이 같은 말도 유난히 돌려 하거나 비유법을 많이 들더니만 샘 레넌이 딱 그짝이었다.

'아메리칸 조크라는 건가.'

그리 생각하며 김두찬은 대화를 이어나갔다.

"뉴욕에서 출발하시나요?"

"네. JFK공항입니다. 보딩 끝내고 비행기 타기 전에 전화했어요."

"뉴욕이면 14시간 정도 걸리겠네요. 시간 맞춰서 마중 나가 있겠습니다."

"한국 땅 밟자마자 얼굴 보게 되겠군요. 기대하고 날아가 겠습니다. 아, 그리고 손님이 한 명 더 있어요. 픽업 오실 거면 두 자리 마련해 주세요."

"알겠습니다. 한데… 누가 더 오시는지?"

"그건 서프라이즈로 남겨두기로 하죠. 멋진 만남 기대할게 요, 김 작가님."

먼 타국 땅을 밟고 있는 거장과의 통화는 그렇게 끝났다.

샘 레넌은 시종일관 유쾌한 말투를 구사했다.

그와 몇 마디 섞어본 것만으로도 김두찬은 샘 레넌이 어떤 사람인지 표면적으로나마 알 것 같았다.

"할리우드라……."

앞으로 대략 14~15시간 정도 후면 샘 레넌과의 만남이 성 사된다.

김두찬이 얼른 아띠 출판사 사장 민중식에게 전화를 걸어, 이 사실을 알렸다.

일전에 민중식도 샘 레넌과의 미팅 자리에 자신도 함께하 고 싶다는 의사를 피력했고, 김두찬은 샘 레넌에게 양해를 구 했다.

샘 레넌은 쿨하게 상관없다고 대답해 왔다.

김두찬의 연락을 받은 민중식은 자신이 차를 몰고 김두찬 을 모시러 가겠다고 난리였다.

김두찬은 그런 민중식을 말렸다.

어차피 자신에게는 밴이 있으니 그것으로 샘 레넌을 픽업하는 게 더 나았다.

게다가 장대찬은 샘 레넌이 한국에 오게 되면 꼭 자신이 모시러 갈 수 있게 해달라고 전부터 부탁했었다.

결국 민중식은 김두찬의 말을 따르기로 했다.

"일단 이 정도면 됐고… 자자."

김두찬은 샘 레넌을 최상의 컨디션으로 만나고 싶었다.

그러기 위해서는 부족한 잠을 채워야 했다.

침대에 벌렁 드러누운 김두찬은 스마트폰으로 팬레터를 읽다가 스르르 잠이 들었다.

*　　　　*　　　　*

사위가 어두운 공간이었다.

그 안에 김두찬은 서 있었다.

그런데 이상했다.

빛은 일절 없는 곳이건만 김두찬은 자신의 몸을 명확하게 볼 수 있었다.

"이거… 꿈인가?"

언제 잠드는지 모르게 잠들었는데 눈을 뜨니 이상한 곳에 있다.

그럼 꿈이라고 보는게 맞았다.

한데 지금 이 상황은 자각몽의 힘으로 벌어진 것이 아니었다.

자각몽은 철저하게 김두찬이 설정해 놓은 시스템대로 펼쳐진다.

이런 상황은 설정한 적이 없었다.

김두찬이 주변을 둘러보며 의아해하고 있을 때였다.

눈앞에 따스한 빛 한 덩이가 나타났다.

그리고 빛 덩이가 말을 걸었다.

"안녕하세요, 두찬 님."

그건 아주 익숙한 음성이었다.

김두찬은 당장 빛의 정체를 파악했다.

"로나야?"

"그렇답니다. 여기서 이렇게 만나는 건 오래간만이죠?"

"여기서… 맞아. 우리 전에도 이렇게 만난 적이 있었지."

몇 달 전.

김두찬은 꿈속에서 로나와 조우했었다.

당시에도 로나는 자신의 모습을 드러내지 않았다.

그리고 오늘은 빛 한 덩이로 본인을 대신했다.

김두찬이 그 빛을 가만히 보다가 살짝 찔렀다.

"거긴 가슴이랍니다."

"으악, 미안!"

김두찬이 기겁하며 손을 뺐다.

그러자 킥킥거리며 로나가 웃었다.

"농담이랍니다. 이 빛은 그냥 제 의식이랍니다. 가슴이나 엉덩이 같은 건 없답니다."

"하여튼 꿈속에서도 사람 놀리는 건 여전하네."

김두찬이 툴툴거렸다.

로나의 의식은 그런 김두찬의 주변을 한 바퀴 빙글 돌았다.

"두찬 님, 두찬 님께서는 제가 생각했던 것보다 더 빨리, 그리고 더 멋지게 성장해 나가고 계시답니다."

"그런… 건가?"

갑작스레 훅 들어온 로나의 칭찬이 김두찬은 쑥스러웠다.

그가 저도 모르게 뺨을 긁적였다.

"그럼요. 사실 이제 두찬 님께서는 인생 역전이 없어도 충분히 멋진 삶을 영위하실 수 있는 수준에 다다랐답니다."

"근데 말이야, 로나. 인생 역전이 없다는 건… 즉, 로나도 더 이상 내 곁에 머물지 않게 된다는 뜻이겠지?"

김두찬의 물음에 로나는 바로 대답하지 않았다.

잠시 침묵을 지키던 로나가 말을 돌렸다.

"그것은 나중의 일이니 벌써부터 걱정할 필요는 없답니다."

"나중의 일이라니. 얼마 전에 네가 말했잖아. 인생 역전도 이제 끝을 향해 달려가고 있다고."

"그렇다고 해도 두찬 님께서 생각하는 것만큼 빠른 시일 안에 끝날 게임은 아니랍니다."

"하긴… 네 번째 퀘스트만 해도 단시일에 클리어하기에는 무리지. 그건 그렇고… 오늘은 왜 이런 식으로 나타난 거야?"

로나는 의미없는 말을 하지 않는 여인이다.

그런 만큼 그녀가 하는 행동 하나하나에도 의미가 없지는 않을 것이라 김두찬은 생각했다.

하지만 이번만큼은 김두찬이 틀렸다.

"그냥요."

"그냥?"

"이런 것도 가끔은 괜찮잖아요."

"뭔가… 평소의 로나답지 않네."

"어지간하면 GM으로서의 입장에서 중도를 지키려고 노력한답니다. 사감이 들어간 행동을 자제하기 위해 무던히도 애쓰고 있는 걸 모르시죠?"

"사감?"

"더 정확히 말하자면 좋아하는 감정이랄까요?"

김두찬이 눈을 꿈뻑거렸다.

로나와 그가 알고 지낸 지 제법 시간이 흐르긴 했으나 좋아하는 감정이라는 것이 생길 만큼 인간적인 커뮤니케이션을 많이 나누진 못했다.

끽해봐야 안정화를 가져야 했던 날, 종일 시답잖은 농담만 주고받았던 게 전부였다.

게다가 로나가 어떤 여인인지, 어떻게 생긴 사람인지조차 김두찬은 모른다.

때문에 로나의 말이 김두찬에게는 조금 겉도는 느낌이었다.

로나는 그런 김두찬의 마음을 단박에 알아챘다.

"서로의 발걸음이 다른 경우도 있는 거랍니다."

"그렇기는 하지. 아무튼… 날 좋게 생각해 줘서 고마워, 로나. 그리고 그 좋아한다는 말 말이야."

"무겁게 생각하지 않아도 된답니다. 이성이 아닌 사람으로서 좋아한다는 말이었답니다."

"아, 그런 거였어?"

"엄밀히 따지면 전 외계인인걸요? 우리 별에도 눈 가는 사람이 많은데 먼 지구 땅에서 연인을 찾는 수고를 굳이 해야 할 필요가 있을까요?"

"그것도 그렇네. 미안, 내가 너무 앞서갔다."

"괜찮답니다."

"아무튼 오늘은 꿈속에서 이렇게 그냥 노닥거리자고 부른 거라 이거지?"

"네, 맞아요."

"그럼 이왕 얘기 나누는 김에 이런 빛 덩이 말고 본래 모습을 보여줄 수는 없어?"

언젠가부터 김두찬은 로나의 모습이 어떨지 궁금했었다.

하지만 게임과 관련된 얘기가 아닌 이상 잘 건네지 않는 그녀였던지라 사적인 부탁을 하기가 힘들었다.

오늘은 달랐다.

로나가 먼저 사적으로 접근해 왔다.

잠깐 동안 GM으로서의 업무를 내려놓은 것이다.

그래서 김두찬도 부탁할 수가 있었다.

김두찬의 눈앞에 두둥실 떠 있는 빛 덩이가 상하좌우로 느리게 움직였다.

로나가 고민하고 있는 것이었다.

그러다 갑자기 빛 덩이가 파르르 떨려왔다.

이윽고 환한 빛을 사방으로 뿌렸다.

"윽."

김두찬이 미간을 찌푸리며 손으로 눈을 가렸다.

잠시 후.

눈부신 빛이 점멸하고 나서 김두찬은 손을 천천히 내렸다.

가림막이 치워진 시야엔 난생 처음 보는 아름다운 미인이 들어왔다.

여인은 160을 조금 넘는 키에 허리까지 내려오는 보랏빛의 머리카락이 고혹적이었다.

그림으로 그린 듯 아름다운 얼굴엔 잡티 하나 없었다.

피부는 백설이 내린 것처럼 새하얀데, 뺨엔 살짝 홍조가 어려 있는 것이 남심을 자극하기에 충분했다.

별을 담은 듯 맑게 빛나는 두 눈.

오똑한 콧날에 볼이 작은 코.

도톰하면서도 크지 않은 짙붉은 입술.

그 모든 것을 담고 있는 보기 좋은 곡선의 얼굴형까지.

무엇 하나 빠지는 부분이 없었다.

그녀는 김두찬의 SS랭크를 자랑하는 얼굴과 맞먹을 정도의 아름다움을 자랑했다.

비단 미모만이 아니었다.

여인은 흡사 중국 전통 의상인 치파오 같은 청은색 드레스를 입고 있었는데 몸의 굴곡이 그대로 드러났다.

몸매 역시 완벽했다.

나올 곳은 나오고, 들어갈 곳은 군살 하나 없이 들어가 있었다.

팔다리가 시원시원하게 길면서도 엉덩이와 허벅지엔 적당히 살이 붙어 있었다.

게다가 전체적인 비율 역시 완벽하게 잡혀서 160보다 훨씬 키가 커 보였다.

얼굴이 작은 것도 한몫했다.

그야말로 어디 한 군데 흠 잡을 곳이 없는 몸이었다.

여인은 김두찬을 바라보며 옅은 미소를 머금었다.

"로… 나?"

김두찬의 물음에 여인의 고개가 아래위로 살짝 움직였다.

"그렇답니다."

"이렇게 예뻤어?"

"칭찬 감사히 받을게요."

"그러니까 그쪽이 진짜 로나라는 거지?"

"네. 이게 제 본래 모습이랍니다."

"허어."

김두찬이 헛웃음을 흘렸다.

로나의 모습은 김두찬이 어설프게 생각했던 것과 전혀 달랐다.

일단 로나는 외계인이다.

지구인이 아니다.

해서 지구인과는 상당히 다른 외형을 가지고 있을 거라 짐작했었다.

그런데 지금 이렇게 봐서는 머리카락이 보라색이라는 거 말곤 크게 다를 것이 없었다.

오히려 지구인의 관점에서 보기에도 너무나 완벽한 외모 때문에 이질감이 느껴졌다.

"이런 모습일 줄은 생각도 못했죠?"

"전혀. 외계인이라고 하니까 완전히 다른 쪽으로 생각했었지."

"우주는 아주 넓어요. 그리고 우주엔 수많은 지적 생명체가 살아가고 있죠. 우리 르위느 종족도 그중 하나였고요. 우리 입장에서는 지구인들이 우리의 모습을 많이 닮아 있다고 생각했었죠."

"그 말은… 너희 종족은 지구인의 존재를 알고 있었다는 거야?"

"우리들은 우주에 있는 모든 존재들을 전부 알고 있답니다."

"그게……."

"어떻게 가능하냐고요? 르위느 종족이라서 가능하답니다. 어떻게냐고 물어보면 딱히 설명해 줄 방법은 없어요. 벌이 그 몸뚱이에 말도 안 될 만큼 작은 날개를 달고서도 잘 날아가는 것처럼. 지구인의 개념이나 과학에 빗대어 설명해 봤자 이해하지 못할걸요. 우리는 그냥 알 수 있는 존재들이랍니다."

"그렇구나. 신기하다."

"우리도 신기해요. 무궁무진한 가능성을 스스로의 틀 안에 가두어 버린 지구인들이요."

"그건 또 무슨 말이야?"

"지구인들은 본래 4차원, 그 너머의 힘까지도 사용할 수 있는 종족이었답니다. 생각만으로 무거운 물건을 들어 올리고, 바라는 것만으로 비를 불러왔었죠."

그 말을 듣자마자 김두찬의 머릿속에 피라미드와 이스터 섬의 모아이 석상, 기우제 같은 것들이 떠올랐다.

피라미드와 모아이 석상의 경우 당시의 사람들이 만들었다고는 믿겨지지 않을 만큼 거대한 크기와 구조를 자랑한다.

현대의 과학을 동원하고, 고증을 해가며 이것들을 어찌 만들었는지 풀어 헤치려 해도 속 시원한 해답은 나오지 않는 상황이다.

기우제 역시 샤머니즘에 의거한 주술 같은 행위다.

과학과는 정반대에 있는 행위니만큼 기우제 자체를 크게 인정하지 않는 것이 사회적인 분위기였다.

하지만 만약 로나의 말이 사실이라면 풀리지 않는 그 미스터리한 문제들에 바로 해답이 나타난다.

김두찬이 홀로 깊은 생각에 빠지자 로나가 가까이 다가와 얼굴을 쑥 들이밀었다.

"지금은 심각한 생각하지 않기로 해요. 로나는 이런 모습으로 오래 있지 못한답니다."

"어, 그래? 얼마나 있을 수 있는데?"

"고작 해야 이제… 1분 정도겠네요."

"뭐? 밤새 꿈속에서 많이 대화할 수 있을 거라 생각했는데."

"빛 덩이의 형태였다면 두 시간 정도는 버텼을 거랍니다. 하지만 이 모습은 에너지의 소모가 심해서 불가능하답니다."

"아……."

그런 줄 알았으면 그냥 본래 모습을 보지 않을 것을.

"하여튼 그런 중요한 얘기는 미리미리 해주면 좀 좋아."

김두찬이 말미에 한숨을 쉬었다.

로나가 그런 김두찬을 그윽하게 쳐다봤다.

그에 김두찬이 고개를 갸웃거렸다.

"왜?"

"저도 알고 있답니다. 빛의 형태로 같이 오래 대화를 나누는 게 더 좋았을 수도 있었겠죠. 하지만 본래의 모습을 보여드릴 경우 오래 있지 못한다는 걸 미리 얘기하면 두찬 님께서는 그럴 필요 없다고 말했겠죠."

"당연하지."

"네. 그래서 말 안 했답니다."

"어째서?"

"이 모습을 보여주고 싶어서요."

그리 말하며 로나가 김두찬의 손을 살짝 잡았다.

순간 김두찬은 얼음장에 손을 댄 것 같은 차가움에 깜짝 놀랐다.

"로나. 너희 종족은 전부 이렇게 손이 차가운 거야?"

로나가 천천히 고개를 저었다.

"그런데 왜……."

김두찬이 무언가를 더 물어보려 할 때, 로나의 모습이 안개처럼 흩어졌다.

그리고 암흑 속엔 김두찬 혼자만 남게 되었다.

"로나? 로나."

"두찬 님, 여기까지랍니다. 푹 주무세요. 저도 두찬 님께서 주무시는 동안 같이 잠들 거예요. 짧은 휴식이 필요하답니다."

"아… 그래. 알았어, 로나. 근데 네 모습을 왜 보여주고 싶었다는 거야?"

김두찬이 물었지만 더 이상 아무런 대답도 들려오지 않았다.

"자나 보네. 잘자, 로나."

대답해 줄 사람도 없는데 혼자서만 중얼댈 수는 없는 노릇인지라 김두찬은 입을 다물고 눈을 감았다.

그러자 주변의 암흑이 사라지고 그는 비로소 제대로 된 수면에 빠져들 수 있었다.

오늘의 로나는 평소와 많이 달랐다.

그리고 김두찬이 보아온 어느 여인보다도 아름다웠다.

김두찬은 오늘 처음으로 로나를 만났다.

짧은 만남이었다.

Liking 86

거장과의 만남

김두찬이 잠에서 깼을 땐 오후 세 시가 조금 넘어 있었다.

일곱 시경 잠이 들었으니 무려 여덟 시간 정도를 잔 것이다.

"간만에 푹 잤네. 흐아아암!"

김두찬은 기지개를 켜며 몸을 일으켰다.

단잠에 빠졌던 덕인지 머릿속이 맑았다.

몸도 가벼웠다.

심신이 개운하니 기분도 덩달아 좋았다.

꼬르르륵.

배 속에서는 눈을 뜨자마자 밥을 달라며 난리였다.

김두찬이 배를 문지르며 거실로 나갔다.

그리고 부엌에 있는 찌개며 반찬 등을 상 위에 내왔다.

한데.

쿵! 쿵! 쿵! 쿵! 쾅!

천장에서 계속 쿵쾅거리는 소리가 들려왔다.

부모님은 일 나가고 안 계시니 범인은 한 명밖에 없었다.

김두리였다.

"쟤가 뭐 하는 거야?"

한 번 시작된 쿵쾅거림은 김두찬이 식사를 다 마칠 때까지도 멈추지 않았다.

김두찬이 빈 그릇을 설거지통에 담고서 고무장갑을 꼈다.

그러고는 설거지를 하며 초월 청각을 개방했다.

청각이 갑자기 확장되며 주변의 오만가지 소리들이 전부 귓속으로 흘러들어왔다.

김두찬은 김두리의 방에서 나는 소리에 집중했다.

그러자 다른 소리들이 전부 사라지고 쿵쾅 소리와 거친 숨소리, 음악 소리가 들려왔다.

'춤 연습하나?'

아무래도 그런 것 같았다.

한데 이게 좀 이상했다. 김두리는 여태껏 춤에 대해 관심을 보인 적이 한 번도 없었다.

게다가 관심이 생겼다고 해도 지금은 춤에 신경 쓸 게 아니라 입시 준비를 할 때였다.

김두리는 연기과를 가고 싶어 했다.

그럼 연기 연습을 최우선으로 해야 한다.

쏴아아아― 끼익.

설거지를 끝내고서 물을 잠근 김두찬은 동생에겐 신경을 끄고서 2층 자기 방으로 들어가려 했다.

그때였다.

김두리의 방문이 벌컥! 열렸다.

"오빠!"

"응?"

김두리가 땀에 젖은 얼굴을 불쑥 내밀고서 김두찬을 불렀다.

그에 돌아보니 김두리가 헥헥대며 물었다.

"호, 혹시! 헤엑! 헤엑! 오빠, 춤도 잘 춰?"

"춤? 갑자기 춤은 왜?"

"잘 춰, 못 춰?"

"그다지."

"그래? 생각지도 못했던 노래 실력을 숨겼던 전적이 있으니 혹시나 했는데. 알았어."

김두리가 문을 닫고 잠갔다.

방 안에서는 다시 쿵쾅거리는 소리가 들려왔다.

'왜 갑자기 춤바람이 난 거야?'

하여튼 어디로 튈지 모를 녀석이었다.

*　　　*　　　*

집에서 나온 김두찬은 바로 작업실로 향했다.

이틀 동안 웹툰 준비로 바빴으니, 오늘은 샘 레넌을 픽업하러 가기 전까지 집필에만 열중할 작정이었다.

작업실에는 채소다도 나와 있었다.

주화란은 작업실에서 상주하는 입장이니 늘 있는 게 당연했다.

확실히 사람 한 명이 들어앉아서 청소, 관리를 게을리하지 않으니 언제 와도 늘 쾌적했다.

게다가 주화란은 부지런한 스타일에다가 더러운 걸 두고 보지 못하는 성격이었다.

덕분에 김두찬과 채소다는 좋은 작업 환경에서 집필을 할 수 있었다.

특히 귀차니즘의 대명사인 채소다에게 이곳은 천국이었다.

"흐아아아~ 화란 언니. 나랑 살자. 우리 집도 매일 청소해 줘."

채소다는 툭 하면 주화란에게 농담처럼 이렇게 말했고, 주화란은,

"아무리 나라도 거긴 무리야. 저번에 갔다가 돼지우리인 줄 알았다. 좀 치우고 살아."

늘 거절했다.

오늘도 세 사람은 작업실에 모여 열심히 스스로의 글을 적어나갔다.

채소다는 김두찬과 짧은 회의 후 더 사가의 집필에 집중했다.

김두찬은 현대영웅전의 비축분을 만들었다.

이미 김두찬이 공모전에 출품한 열 작품 중, 불개미 외 아홉 작품 모두 유료화에 들어갔다.

무료 연재를 딱 이틀만 돌리고 유료로 일괄 전환해 버린 것이다.

이번에도 계약은 아띠 출판사와 했다.

현대영웅전을 제외한 여덟 작품은 이제 하루만 더 연재하면 일제히 완결이 나버린다.

김두찬이 그렇게 되도록 완급 조절을 했다.

현대영웅전만 계속 현재진행형이 될 것이다.

그래서 김두찬은 현대영웅전의 집필에만 몰두했다.

마지막으로 주화란은 늘 그렇듯 로맨스만 죽어라 파는 중
이었다.

그녀가 가장 잘할 수 있는 장르인 데다가 출간하는 작품마
다 호평을 받으니 굳이 다른 장르에 눈 돌릴 필요가 없었다.

"수정 끝! 두찬아, 원고 다 넘겼어. 연재 예약 걸게."

"네. 부탁해요."

채소다가 환상서 사이트에 접속해 두 사람의 공용 아이디
로 로그인했다.

그러고서는 작품 관리로 들어가 예약이라는 탭을 클릭했
다.

그러자 이미 하루에 5편씩 보름치 예약이 걸려 있는 화면이
떴다.

즉, 이미 75화가 선예약이 되어 있는 것이다.

오늘 것까지 예약을 걸면 총 80화의 예약분이 생기는 것이
다.

"완료!"

빠르게 예약을 끝내놓고 메인 화면으로 돌아온 채소다는
투데이 유료 연재 성적을 살폈다.

그러고서는 저도 모르게 혀를 내둘렀다.

"헐."

"왜 그래?"

마침 잠시 쉬며 주스 한 잔을 마시던 주화란이 다가와 물었다.

그녀는 채소다가 무슨 대답을 하기도 전에 모니터를 확인하고서 같은 반응을 보였다.

"헐."

"짱이지, 언니?"

"응. 어떻게 유료 연재 투데이 베스트를 줄 세우기 할 수가 있어?"

"그러니까요."

투데이 베스트 10위권 내에는 전부 김두찬의 이름만 가득했다.

1위는 김두찬과 채소다가 공저 중인 더 사가였다.

그리고 2위는 올타임 공모전에서 9위를 차지한 현대영웅전이었다.

아무래도 환상서는 장르 문학 위주의 글이 더 힘을 받다 보니 당연한 결과였다.

이후 3위부터 10위까지 올타임에 출품했던 김두찬의 글들로 죽 나열이 되어 있었다.

김두찬은 이미 알고 있던 사실인 터라 모른 체 집필에만 몰두했다.

사실 너무 자신의 글들이 차트를 잡아먹어 버리니 다른 유료 연재 작가들에게 미안한 마음이 있는 것도 사실이었다.

하지만 여덟 개의 글들은 내일이면 연재가 끝나니, 그나마 다행이었다.

'그래도 연재를 하면 할수록 맘이 편치 않은 건 사실이란 말이야.'

김두찬이 환상서에 연재를 시작한 이후부터 지금껏, 1위는 쭉 그였다.

다른 작가들이 1위를 차지하는 경우는 한 번도 없었다.

김두찬은 그게 마음에 걸렸다.

사실 얼마 전부터 김두찬 혼자 1위를 독식하는 것에 대한 불만들이 올라오기 시작했다.

독자들이야 재미있는 글을 계속 볼 수 있으니 상관없었으나, 함께 연재를 하는 작가들에게는 불만 요소로 작용하는 게 당연했다.

해서 거기에 대한 대책을 나름 생각하는 중이었다.

그러다가 결론을 낸 것이 김두찬 사단의 글만 따로 연재를 하는 사이트를 새로 만들면 어떨까 하는 것이었다.

올타입이 장르 시장 전체를 독식하려 했다면 김두찬은 그와 반대로 김두찬 사단의 글을 좋아하는 독자들만 수용하겠다는 생각이었다.

환상서의 입장에서는 아쉬운 일일 수 있었다.

김두찬이 환상서에서 벌어다 주는 돈이 어마어마했기 때문이다.

하지만 김두찬이 빠져나간다고 해서 그 거대한 장르 시장의 핵 같은 사이트가 무너지는 건 아니었다.

김두찬은 장르 시장의 판도에 개입하지 않고 그저 자신의 글을 스스로 서비스하고 싶다는 취지니 이를 막을 수도 없었다.

그리고 장기적으로 봤을 때도 김두찬이 따로 독립해 나가는 것이 환상서를 위해서 좋았다.

이런 식으로 김두찬의 글이 계속 1위를 하면 필시 작가들은 더 견디지 못하고 떨어져 나간다.

그리고 자신들의 글이 빛을 볼 수 있는 다른 사이트에 정착하게 될 것이다.

그리되면 점점 환상서의 연재 작가들 수는 줄어들고 이는 독자의 유입을 막는 방해 요소가 된다.

이러한 상황을 환상서의 관리자들 역시 걱정은 하고 있는 실태였다.

그러나 당장 김두찬이 벌어들이는 돈이 많은 데다가, 그를 강제로 나가라 있어라 할 수 없는 입장이니 그저 두고 볼 뿐이었다.

한마디로 김두찬은 환상서에게 계륵 같은 입장인 것이다.

모든 상황을 종합해 볼 때, 역시 환상서에서 나가는 것이 맞다는 결론만 도출되었다.

'그럼 사이트부터 만들어야겠지.'

그 부분에 대해서는 장재덕에게 부탁하면 간단했다.

얼마 전에 알게 된 사실인데 장재덕은 오래전부터 웹 프로그래밍과 웹 디자인에 많은 관심을 갖고 있었다.

전문적으로 접근하기보다는 일종의 취미 생활 같은 것이었다.

그러다 보니 그쪽 관련한 인맥이 제법 넓었다.

'쇠뿔도 단김에 빼라고 했지.'

어차피 더 사가와 현대영웅전의 연재가 끝나면 더 이상 환상서에서는 글을 연재하지 않을 생각이었다.

김두찬은 장재덕에게 전화를 걸어 실력 좋은 웹 프로그래머와 웹 디자이너를 소개시켜 달라 부탁했다.

장재덕은 곧 연락을 주겠다며 전화를 끊었다.

주화란과 채소다는 같은 작업실에 있었기에 본의 아니게 통화 내용을 들었고, 김두찬에게 무슨 영문이냐 물었다.

김두찬은 숨김없이 그들에게 속내를 털어놓았다.

"이제 독립을 해야 할 것 같아서요."

"독립이라니?"

김두찬은 자신이 환상서에 연재를 함으로써 야기될 수 있는 여러 가지 상황에 그 때문에 따로 사이트를 만들어 자신의 글을 유료 연재할 것이라는 계획을 차분하게 설명했다.

이야기를 듣고 난 두 여인은 격하게 공감했다.

"맞아. 나도 그 생각에는 동의해."

"좋은 생각인 것 같아요, 김 작가님."

"그래서 말인데, 두 분도 싫지 않으시다면 저와 함께 새로운 둥지에서 시작해 보는 건 어떨 거 같아요?"

김두찬의 제안에 채소다가 망설임 없이 대답했다.

"완전 재미있겠다! 난 찬성!"

채소다의 뒤를 이어 주화란도 긍정적인 의견을 내놓았다.

"저도요. 소속감 같은 게 들어서 더 좋을 것 같아요. 같이 갈게요."

그렇게 대답하는 두 사람의 진심도는 나란히 9였다.

어지간해서는 김두찬의 제의를 뿌리치지 않을 수치였다.

"좋아요. 그럼 앞으로도 잘 부탁드려요."

그것으로 김두찬 사단은 독립을 위한 첫발을 내딛었다.

*   *   *

"정말 긴장되네요. 허허."

민중식 사장이 입국장 앞에 서서 발을 동동 굴렀다.

김두찬은 평소의 무게감이 전혀 보이지 않는 그의 모습에 속으로 웃음을 흘렸다.

두 사람의 사이에 선 장대찬의 손에는 작은 플래카드가 들려 있었다.

거기엔 '웰컴, 샘 레넌!'이라는 글이 적혀 있었다.

장대찬이 급하게 손수 만들어온 것이었다.

문제는 그걸 한글로 적었다는 점이다.

샘 레넌을 직접 본다는 긴장감이 머릿속을 엉망으로 만들어 버린 모양이었다.

결국 필요도 없을 플래카드를 들고 있는 셈이었다.

사실 플래카드 같은 건 없어도 무관했다.

김두찬은 샘 레넌의 얼굴을 알고, 샘 레넌 역시 김두찬의 얼굴을 아는 상황이었다.

서로 만난 적은 없지만 각국에서 워낙 유명하니 사진은 얼마든지 접할 수 있었다.

현재 시간 오후 9시 47분.

비행기는 10분 전에 도착했고 사람들이 하나둘, 입국장으로 나오는 중이었다.

그러자 민중식과 장대찬은 더더욱 긴장이 됐다.

밖으로 나오는 사람들만 하염없이 살펴보던 민중식이 아무 말이나 김두찬에게 던졌다.

"그나저나 김 작가님이랑 매니저님 덕에 편히 왔습니다."

긴장을 풀기 위해 큰 의미 없이 건네는 얘기라는 걸 김두찬은 알고 있었다.

"뭘요. 저보다 매니저님께서 고생하셨죠."

"먼 곳까지 픽업하러 와주셔서 감사했어요."

"아닙니다! 개인적으로 저도 민 사장님 정말 존경합니다! 전혀 수고스럽지 않았습니다!"

민중식 못지않게 긴장해 있던 장대찬이 저도 모르게 큰 소리로 대답했다.

그 바람에 주변 사람들의 시선이 김두찬 일행에게 몰렸다.

안 그래도 한참 전부터 상당수의 사람들은 김두찬을 알아보고 근처를 어슬렁거리고 있었다.

여자들은 몰래 스마트폰으로 사진과 동영상을 찍기도 했다.

그런데 장대찬이 모두의 이목을 집중시켜 버렸다.

그러자 자신의 가족, 혹은 친척, 친구들을 기다리느라 다른 데엔 관심 없던 사람들도 김두찬을 알아보게 되었다.

"어? 김두찬이다!"

"대박… 김 작가님이야."

"사인해 달라 그럴까?"

"나는 사진 한 번 같이 찍으면 좋겠다."

"생긴 거 봐… 진짜 세상 혼자 사신다."

"요새 현대영웅전 겁나 재밌던데."

"근데 누구 기다리는 걸까?"

"그러게. 궁금하네."

처음에는 김두찬의 사인을 받고 싶다거나 사진을 같이 찍고 싶다 하던 사람들의 관심은 김두찬이 누구를 기다리는가로 바뀌었다.

민중식과 장대찬은 집중되는 사람들의 시선이 부담스러웠다.

그러나 이런 경험을 한두 번 겪는 게 아닌 김두찬은 그저 평안하기만 했다.

그렇게 불편함과 평온이 뒤섞인 상태로 시간은 계속 흘렀다.

어느덧 김두찬의 주변으로는 일반인들과 더불어 기자들로 가득했다.

딱히 김두찬을 취재하러 온 건 아니었다.

앞으로 20분 뒤, 한국으로 돌아오는 아이돌 그룹의 공항 패션을 촬영하러 온 것뿐이었는데 거기에 김두찬이 와 있었던 것이다.

찰칵! 찰칵!

사방에서 플래시가 터졌다.

김두찬의 모습이 여러 대의 카메라에 고스란히 담겼다.

열심히 셔터를 누르고 찍힌 사진을 확인하는 기자들의 입에서 하나같이 탄성이 흘러나왔다.

그냥 아무렇게나 서 있는 걸 마구 찍어도 그대로 화보였다.

얼굴이 열일한다는 게 바로 김두찬을 두고 하는 말이었다.

한참 기자들의 손이 바쁘게 움직이고 있던 그때.

"오셨습니다!"

장대찬이 놀라 소리쳤다.

입국장에서 걸어 나오는 유쾌한 인상의 중년인을 확인한 민중식의 눈동자가 파르르 떨려왔다.

반면 김두찬은 그저 미소만 지을 뿐이었다.

샘 레넌이 입국장에서 나와 주변을 둘러보며 김두찬을 찾고 있었다.

큰 키에 편안한 박스 티와 청바지를 걸친 샘 레넌 감독은 금발에 벽안이 잘 어울리는 전형적인 서구 미남이었다.

40 후반의 나이에도 입가엔 천진난만한 미소가 자리했다.

감독의 뒤에는 마스크와 선글라스로 얼굴을 가린 여인이 서 있었다. 펑퍼짐한 캐주얼 복을 걸치고 있는 여인은 샘 레넌 감독이 말한 그 동행인일 것이다.

누구인지는 아직 알 수 없지만 보통 사람은 아닐 것 같다고 김두찬은 생각했다.

"어? 샘 레넌 감독이다!"

"어디 어디!"

갑자기 등장한 거물로 인해 기자들의 카메라 셔터가 또다시 바빠졌다.

찰칵! 찰칵! 찰칵!

기자들은 샘 레넌이 무엇 때문에 방한을 한 것인지 궁금해졌다.

당장에라도 샘 레넌에게 달려들어 질문 공세를 펼치고 싶었지만 그가 개인적인 일정으로 방문한 것인지라 일단 체면을 지키며 셔터만 눌러댔다.

샘 레넌은 그런 기자들의 반응을 충분히 즐기며 김두찬을 찾았다.

그러다 유독 빛이 나는 것 같은 한 사람이 눈에 확 들어왔다.

김두찬이었다.

"Oh, god."

샘 레넌과 함께 온 여인이 김두찬을 보는 순간 탄성을 뱉었다.

두 사람은 빠른 걸음으로 김두찬에게 다가갔다.

그들을 따라 카메라 앵글도 같이 움직였다.

그러다 샘 레넌 감독이 김두찬의 앞에 멈춰 서서 손을 내밀며 한마디 하는 순간.

"당신을 만나서 영광입니다(It's a great pleasure to meet you)."

'대박!'

'우와아아아아!'

'샘 레넌이 김두찬 작가를 만나러 왔어!'

찰칵! 찰칵! 찰칵! 찰칵!

그 자리에 있던 모든 이들의 얼굴이 경악으로 가득 찼다.

샘 레넌이 지척까지 다가오자 민중식과 장대찬은 어쩔 줄을 몰랐다.

그 이유로 첫째, 샘 레넌을 코앞에서 본다는 사실에 감격이 밀려왔고 둘째로는 둘 다 영어에 그다지 능통하지 않았기 때문이다.

반면 김두찬은 샘 레넌의 손을 마주 잡고 가볍게 흔들며 유창한 영어로 대답했다.

"한국에 오신 걸 환영해요. 기분이 어때요?"

"벌써부터 이 나라와 사랑에 빠질 것 같군요."

"아직 아무것도 못 보셨잖아요?"

"김 작가님을 봤잖습니까."

샘 레넌의 농담에 김두찬이 나직이 웃었다.

그 반응이 마음에 들었는지 샘 레넌은 얼굴 가득 미소를 머금었다.

한편, 능숙하게 회화를 구사하는 김두찬의 모습에 민중식과 장대찬은 놀라서 눈을 크게 떴다.

'영어까지 잘하셨어? 진짜 빈틈이 없는 분이구나, 김 작가님은.'

장대찬은 속으로 또 한 번 김두찬에게 감탄했다.

기자들은 두 사람의 첫 만남을 열심히 카메라에 담고 있었다.

"아무튼 정말 반가워요. 감독님을 만난다는 생각에 오늘은 시간이 어떻게 흐르는지도 몰랐습니다."

"마찬가지입니다. 하하하!"

샘 레넌이 유쾌하게 웃었다.

그때 김두찬이 뒤에 서 있는 여인을 보며 물었다.

"뒤에 계신 분은 누구신지?"

"아, 소개가 늦었군요. 여기는……."

샘 레넌이 여인을 소개하려 하자 그녀가 고개를 절레절레 저었다.

"아무래도 나중에 소개하는 게 좋겠군요."

"언론에 노출되는 걸 꺼리시나 보네요."

"전혀요. 그녀는 기분파예요. 지금은 그냥 정체를 밝히고 싶지 않을 뿐인 거죠."

샘 레넌의 설명에 얼굴을 싸매고 있는 여인이 고개를 끄덕였다.

"알겠습니다. 그럼 일단, 차로 갈까요? 일행들 간의 통성명은 좀 더 편하게 하기로 하죠."

"좋아요."

김두찬 일행은 공항에서 나와 밴으로 향했다.

기자들은 열에 아홉이 그런 김두찬 일행을 따라갔다.

갑작스레 거대한 인구가 움직이니 사람들의 시선은 갈수록 집중됐다.

결국 사방에다가 김두찬이 공항에 떴다는 걸 광고하는 꼴이 됐다.

아울러 샘 레넌 감독의 한국 방문 사실도 지속적으로 퍼져 나갔다.

소란을 뒤로하고 밴에 올라탄 김두찬 일행은 유유히 공항을 빠져나갔다.

샘 레넌은 창문을 열고 멀어지는 기자들에게 손으로 키스를 날렸다.

김두찬 일행이 멀어지고 난 뒤, 기자들은 아쉬움에 입맛을 다셨다.

그중 몇몇은 차를 몰고 김두찬을 쫓았지만 대부분은 그냥 포기했다.

이만하면 충분히 화제성을 잡을 만한 기사를 건진 셈이기 때문이다.

게다가 그들이 공항에 온 본래 목적은 다른 데에 있었다.

오늘 귀국하는 아이돌 그룹을 촬영하기 위해서였다.

기자들 중 한 명이 공항에 온 이유를 뒤늦게 떠올리고 시계를 확인했다.

그런데.

"망했다."

이미 아이돌 그룹이 입국하는 시간은 훨씬 지나 버렸다.

*　　　*　　　*

5인조 남자 아이돌 그룹 '마이크로'는 요즘 한창 주가를 올리고 있었다.

이번에 2집 신곡이 초대박 나며 지옥 같은 스케줄을 수행하느라 정신이 없을 정도였다.

그들이 어디를 가든 기자들이 따라붙었다.

특히 공항 같은 곳에서는 언제나 카메라 플래시가 터졌다.

오늘은 일본 스케줄을 소화하고 한국으로 돌아오는 날.

공항에 당연히 기자들이 가득할 것이라는 기대감으로 입국장에 들어섰다.

그런데.

"…어?"

그들의 기대와는 달리 입국장 앞은 너무 썰렁했다.

아니, 사람은 많았다.

마이크로의 팬클럽 회원들이 와서 그들을 마구 반겨주었다.

그러나 기자들은 한 손에 꼽을 정도밖에 보이지 않았다.

도무지 이해 못 할 상황에 멤버 중 한 명이 리더에게 귓속말을 건넸다.

"…들어갔다가 다시 나와볼까?"

멤버의 헛소리에 소리 없이 주먹을 꽉 쥐는 리더였다.

*   *   *

장대찬은 일단 공항을 벗어나서 서울을 향해 달리고 있었다.

장대찬을 제외한 네 사람은 뒷좌석에 앉아 통성명을 하는 중이었다.

김두찬이 장대찬과 민중식에 대해 설명을 해줬다.

샘 레넌 감독은 민중식과는 악수를, 장대찬과는 룸미러로 눈인사를 나눴다.

"그럼 이제 당신 차례인 거 같은데?"

샘 레넌이 여전히 선글라스와 마스크로 얼굴을 가린 여인에게 말했다.

그러자 여인은 기분 좋게 선글라스와 마스크를 벗어 던졌다.

이윽고 드러난 얼굴에 김두찬과 민중식은 깜짝 놀라고 말았다.

"레이첼 라이언……."

민중식이 저도 모르게 중얼거렸다.

그 말을 들은 장대찬이 룸미러로 레이첼의 얼굴을 확인하고 입을 떡 벌렸다.

"맙소사……."

레이첼 라이언은 7년 전, 열일곱의 나이로 데뷔한 이후 줄곧 슈퍼스타라는 수식어를 달고 살아온 할리우드 배우다.

그녀의 인기는 날이 갈수록 상승했으며, 단 한 번도 휘청거린 적이 없었다.

지금도 레이첼 라이언은 자국민의 사랑을 듬뿍 받으며 성장 중이었다.

처음부터 미모와 연기력을 다 갖춘 채 데뷔한 대형 신인이었고, 지금은 제법 잔뼈가 굵은 완성형의 연기자였다.

그녀가 주연으로 등장해 히트시킨 드라마만 다섯 편에, 영화는 여덟 편이나 됐다.

7년이라는 시간 동안 이뤄냈다는 것이 믿기지 않을 정도의 프로필이었다.

게다가 재작년에는 미국 에이미 어워드에서 드라마 여우주연상을 거머쥐었고, 작년엔 아카데미상에서 여우주연상을 휩

쓸었다.

그야말로 물 만난 고기처럼 미친 듯이 질주하고 있는 미국의 대표 여배우가 지금 김두찬과 한 공간에 같이 있는 것이다.

"안녕, 김 작가님. 당신의 팬이에요."

레이첼이 말미에 김두찬의 뺨에 입을 맞췄다.

쪽!

레이첼의 갑작스러운 등장에 멍해 있던 김두찬은 뭘 어찌할 새도 없이 키스를 허락했다.

"레이첼도 당신의 글을 읽어봤어요. 사실 내가 몽중인과 적을 접하게 된 것도 그녀 때문이죠."

샘 레넌의 말을 레이첼이 이어나갔다.

"몽중인을 읽자마자 머릿속에 스파크가 파팟! 하고 튀었어요. 이건 무조건 샘이 읽어봐야 한다고 생각했어요. 그래서 바로 그를 찾아가 가방에 꽂아 넣었죠. 나 잘했죠?"

"훌륭했지."

샘과 레이첼이 서로를 바라보며 히죽 웃었다.

이를 지켜보고 있던 민중식은 정신이 하나도 없었다.

이게 지금 꿈인지 생시인지 분간이 되지를 않았다.

그나마 김두찬은 민중식보다는 괜찮은 상태였다.

"설마 동행한다는 분이 레이첼 양이라고는 상상도 못 했어요."

"만나본 소감은?"

레이첼이 시원시원한 미소를 머금고서 기대하는 눈빛을 던졌다.

"Totally awesome(끝내주네요)."

김두찬의 대답이 레이첼은 상당히 마음에 들었다.

그녀가 김두찬에게 바짝 다가와 말했다.

"더 끝내주는 얘기를 해줄까요?"

"얼마든지요."

"샘 감독님이 김 작가님의 소설을 영화로 만든다면, 그 영화의 주연은 무조건 내가 할 거예요."

"……!"

김두찬과 민중식의 눈이 휘둥그레졌다.

레이첼이 던진 말을 민중식도 어느 정도 알아들은 것이다.

"기, 김 작가님… 지금… 레이첼이 김 작가님 소설 원작 영화에 주연으로 출연할 거라고 말한 거 맞죠?"

민중식이 더듬거리며 물었고, 김두찬이 고개를 끄덕였다.

"네, 맞아요."

"맙소사."

이쯤 되니 민중식은 아예 졸도할 지경이었다.

계속해서 놀라다 보니 진이 쫙 빠지고 말았다.

"레이첼의 말은 사실입니다. 이미 나랑 얘기가 다 끝났어요. 물론 김 작가님께서 그녀를 마음에 들어 해야 캐스팅에

잡음이 없겠지만. 어떤가요?"

질문을 던진 샘이 장난스러운 시선으로 레이첼을 바라봤다.

"두말할 것도 없이 좋습니다."

김두찬이 긍정적인 대답을 내놓았다.

"고마워요, 작가님. 정말 기분 좋은 날이네요. 한국에 오길 잘한 것 같아."

레이첼이 손뼉까지 치며 좋아했다.

샘은 그런 레이첼을 보며 크게 웃었다.

그들은 이미 김두찬의 작품을 영화화하는 것에 대해 기정 사실로 생각하고 있었다.

김두찬의 눈에 두 사람의 호감도가 보였다.

샘 레넌의 호감도는 75.

레이첼의 호감도는 82였다.

처음 만났을 당시의 호감도는 샘이 63, 레이첼이 60이었다.

그런데 함께 말을 나누는 잠깐 동안 호감도가 무섭게 치솟은 것이다.

특히 샘보다 레이첼의 상승폭이 더 컸다.

사실 레이첼은 김두찬을 보자마자 심장이 두근거렸다.

그는 여태껏 레이첼이 만나본 그 어떤 배우보다 더 매력적이었다.

적어도 외모로만 따진다면 그랬다.

7년 동안 배우 생활을 하며 레이첼의 주변은 반짝이는 별들로 가득했다.

누군가는 평생에 한 번 손을 잡는 것이 소원인 남자 배우가 추파를 던지는 일도 많았다.

그래서 레이첼은 어지간한 남자를 봐도 쉽게 가슴이 뛰지 않았다.

숱한 남자를 만나보고 할리우드에서 잘나간다는 배우와도 여러 번 사귀었다.

하지만 사귀다 보면 다 그놈이 그놈이었다.

매일 조각 같은 얼굴만 접하다 보니 어지간한 외모에는 눈도 가지 않았다.

그런데 김두찬의 얼굴을 보는 순간 적잖이 놀랐다.

사람이 저런 얼굴을 갖는 것이 가능한지 의문이 일 만큼 김두찬의 미모는 상당했다.

'저 얼굴로 작가를?'

재능을 낭비해도 심하게 낭비하고 있다는 생각이 들 정도였다.

미모가 어찌나 완벽한지 후광까지 비추어지는 것 같았다.

선글라스를 착용하고 온 게 다행이었다.

그게 아니었다면 김두찬에게 고정되어 움직일 줄 모르는 그녀의 시선을 다 들켰을 테니까.